人生の秋に恋に堕ちたら

女と男、それぞれの秘密

亀山早苗
Kameyama Sanae

文芸社文庫

目次

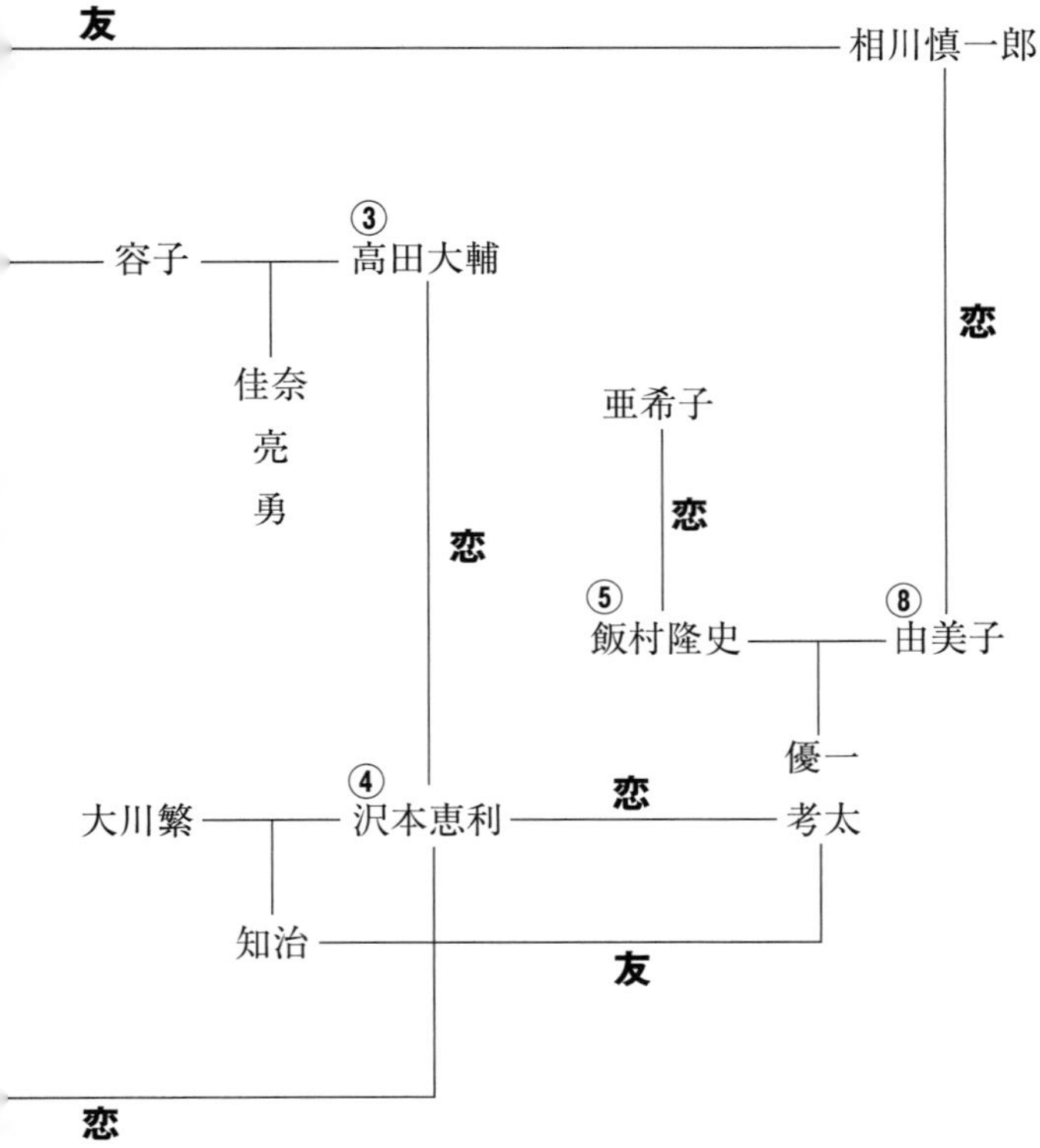

・友人関係と恋愛関係のみ表しました。
・数字は各章に出てくる主人公です。

登場人物　相関図

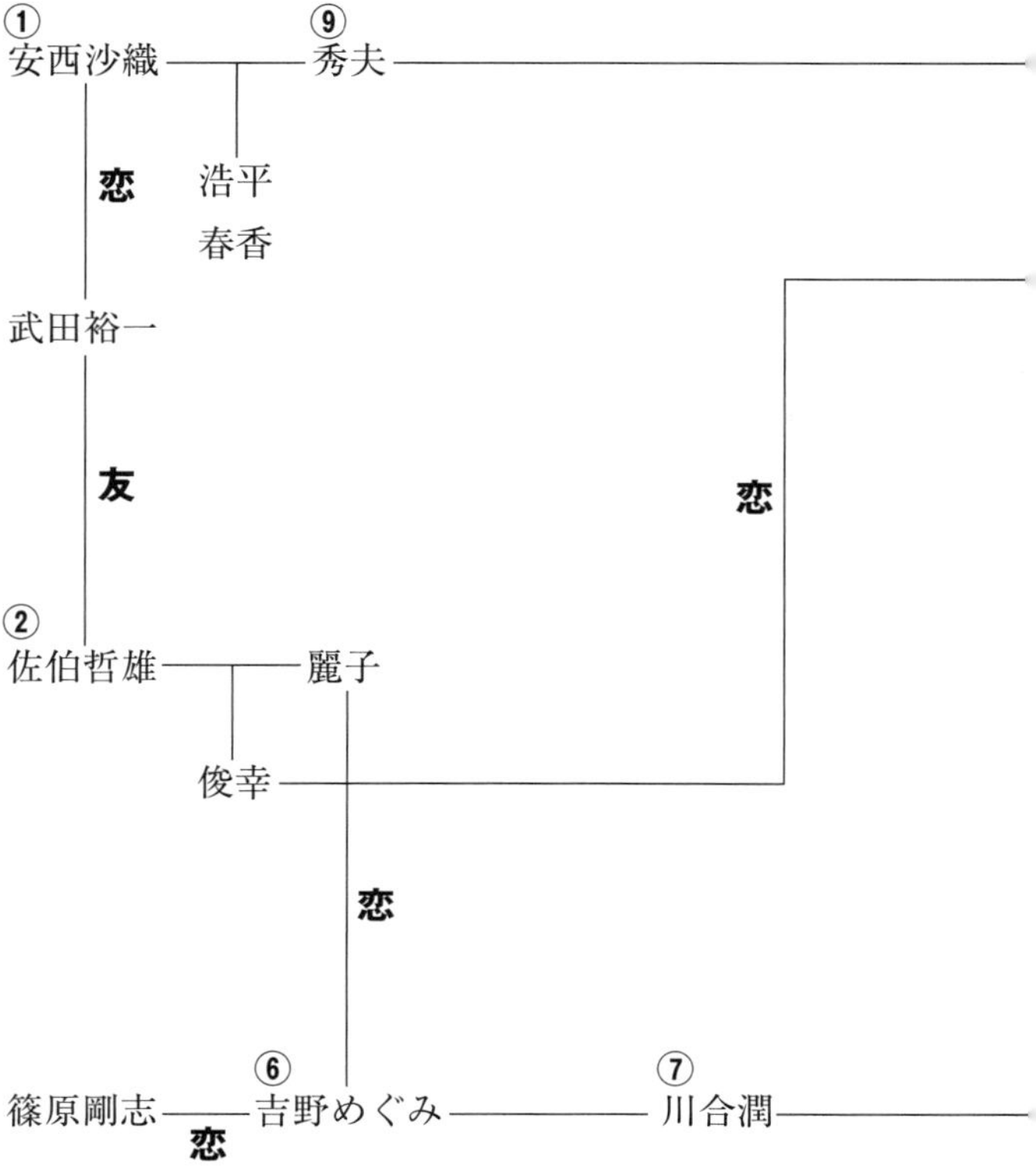

第一章　沙　織

恋に落ちて

ぼんやりとテレビを観ながらひとりで夕飯をすませ、安西沙織《あんざいさおり》はふうっとため息をついた。テレビが何を放送しているのか、頭に入ってはこなかった。バラエティ番組を本気で観ている人なんているのかしら。

テーブルの上には三人分のお茶碗や箸が手つかずで置いてある。もう九時を回っているのに、まだ誰も帰ってきていない。ここ一年ほど、平日の夜はいつもこうだ。夫は以前から仕事に身を捧げるタイプの人間だから今さら気にはならないが、大学生になった浩平《こうへい》は、学業とアルバイトで忙しい。高校三年生の春香《はるか》は半年後に迫った受験のため、週に三回は塾に通っている。誰もが自分の人生を歩み始めている。親としては祝福するべきなのだろうが、ふと自分は何をしているのだろうと胃のあたりがよじれるような感覚に陥る。

ピンと音がしてスマホにメッセージが入ってくる。

〈おかあさん、誕生日おめでとう。バイト終わった。もうじき帰るよ〉

浩平からだ。続いてまたピンと音がする。

〈おかあさん、誕生日おめでとう。あと三十分で帰るね〉

こちらは春香から。ふたりとも母親の誕生日は覚えてくれているらしい。再度、報せがきた。

〈お誕生日おめでとうございます。いつまでも美しい沙織さんでいてください　Y〉

ドキッとする。と同時に、このメッセージをいちばん待っていたのだと自分の心の奥底に初めて気づいたような気がし、思わずメッセージを指で撫でた。Y、つまり武《たけ》田裕一《だゆういち》が「沙織さん」とつぶやくときの表情、沙織を見つめるときの目の潤みなどを思い出すと、今すぐ駆け出したい気持ちにかられていく。

急に力がわいたかのように彼女は立ち上がり、さっさと皿を洗い始める。さらに自分のためだけにゆっくりコーヒーをいれて、再度、裕一からのメッセージを見つめる。

「ただいまあ」

沙織の想いを打ち砕くかのように家中に声が響く。春香の声はよく通る。沙織の表情がすぐに〝母親〟に戻った。

「おかえり」

「もう、イヤになっちゃう。今日は塾でさ……」

春香は手を洗い、うがいをしながらも休むことなくしゃべり続ける。沙織は自分の十八歳のころを思い出す。毎日が楽しかった。何も考えることなく、しゃべって笑って毎日が過ぎていったっけ。

おかずを温め直して春香の前に置くと、彼女は大きな口を開けて食べ始めた。

「おいしい、やっぱりおかあさんのハンバーグは最高」

あ、そうだ、と春香は食事の途中でどたばたと自分の部屋に走り込んだ。お行儀悪いわね、と言いかけたとき戻ってきた春香の手には、沙織の大好きなクッキーの袋があった。

「塾に行く前に走って買いに行ったんだよ。お誕生日おめでとう」

春香は言いながらすぐに座って、また食べ始めている。めまぐるしく動く春香に、沙織は自分が失っている若さを見て、ほほえましくなった。そこにはほんの少しだけ嫉妬に近い気持ちもあるが、それは見ないよう蓋をする。

「ダメよ、もう若くないんだから」

沙織がそう言ったとき、裕一はじっと彼女の目を見つめた。

「オレだって若くない」

裕一の目の奥が光っていた。自分に欲望を抱いている男の目を久しぶりに見て、沙織は息を呑んだ。

　五十歳直前、この年齢になって男から、「ほしい」と思われているのは衝撃だった。その衝撃が強すぎて、それ以上、言葉を発することができない。そのままタクシーに乗せられ、気づいたらホテルの部屋だった。タクシーの中で何を考えたのか記憶にない。

　そこがラブホテルだとわかり、沙織は部屋を出ようとした。だが裕一に後ろから抱きしめられ、その手がワンピースの胸元に入ってきたとき、全身から力が抜けて動けなくなった。裕一が前に回って顔を近づけてきた。唇が触れ、震えが走った。


　たった一週間前のできごとだ。あれから七日の間、沙織はいつものように暮らしてきた。朝起きて、娘と夫に弁当を作り、家族を送り出して家事をする。週に四日は家から十五分ほどの商業施設へ自転車を走らせてパートに出ている。パート先には裕一がいる。

　裕一とホテルに行ったのは、職場の懇親会のあとだった。以前から三歳年下の裕一が気になってはいた。だがそれは単なる「人としての好意」だと思っていたのだ、自分でも。なぜなら自分は結婚しているから、そして裕一も結婚しているから。

　恋など起こりようがないと決め込んでいた。だからこそ懇親会のあとで、酔い覚ましに裕一とぶらぶら歩きながらふと会話が途切れたときも、特に緊張感はなかった。それなのに、思わぬ展開が待っていた。

これを恋愛感情と考えていいのかどうか、七日の間、沙織は考えていた。誕生日のひとりの食卓でため息をついたのは、「これは不倫だ」と〝発見〟したからだ。漠然と「結婚しているから恋などあるはずがない」という気持ちを抱いていたが、裕一への想いは止めようがないと感じ、さらにそれが「不倫」と呼ばれる関係であることに改めて気づき、ショックを受けていた。

「もうやめよう。あんな素敵な時間を過ごせただけでいい。今日で五十歳だもの。誕生日のプレゼントだったたと思えばいい」

そう思った瞬間、子どもたちに続いて、裕一から誕生日メッセージが来たのだ。あの文面とともに裕一の繊細な指先を思いだし、心の奥と体の奥が燃えてくる。

「おかあさん、なにぼんやりしてるの」

浩平の声で我に返る。いつの間にか、息子も帰宅していたのだった。小さな花束が手渡されると、沙織は思わず涙ぐんだ。

「私は、いい子たちに恵まれて幸せだわ」

「おかあさん、しみじみしてる」

息子と娘が笑っている。幸せ。自分の口から出た言葉に、自分で戸惑う。そうだ、これが幸せなのだと自分に言い聞かせる。そして、言い聞かせている時点で、自分が裕一との関係を続けていきたいと願っていることに気づいている。

二度目へのハードル

翌朝起きると、テーブルの上にコンビニのケーキが置かれていた。夫の秀夫《ひでお》が深夜、買ってきたものらしい。誕生日を忘れていなかったのか、あるいは忘れていて再度出かけて買ってきたのかはわからない。

「おはよう。昨日はごめん。接待で……」

弁当を作っていると、夫が背後から話しかけてきた。

「おはよう」

「週末、みんなで焼肉でも行くか」

夫はいつもそうやって、なんとかリカバリーをしようとする。何もフォローしないよりはマシなのだろうが、沙織はそういうやり方に少しうんざりしていた。

「みんなの時間が合えばね」

軽く受け流して弁当作りに集中した。夫は、とりあえずは妻の機嫌を損ねずにすんだと思ったのか、「よし、今日もがんばるぞ」と声を上げた。

そんな彼を横目で見ながら、「夫が嫌いというわけではないんだけど」と沙織は心の中でひとりごちる。基本的に素直で単純、よく言えば大らかだ。悪く言うと大雑把。だが大雑把くらいのほうが家庭を切り盛りする主婦としてはありがたい。

いや、そもそも夫に不満があるから〝不倫〟に走ったわけではないのだ。夫と裕一を比べる気は毛頭ない。この人はこの人、あの人はあの人。別の人なのだから、別の関係がある。

急に心が乱れ、お弁当のおかずの卵焼きを調理台に落としてしまう。

「あらら」

沙織の声に起きてきた春香が笑った。

「そういうの、猿も木から落ちるって言うんだよね」

「上手の手から水が漏れるとも言う」

秀夫も笑いながら言った。

「春香、週末はあけておいてくれよ。おかあさんの誕生日パーティで焼肉屋に行くから」

「わー、やったー。肉は全部特上でね」

春香がとびきりの笑顔を父親に向けた。娘に甘えられた秀夫は、顔中で笑っていた。

昼間のシャンパンは酔いが回る。酒に酔っているのか目の前の裕一に酔っているのか、沙織は判断できない。

裕一が予約してくれたフレンチレストランで、ふたりは凝ったランチを堪能していた。

「おめでとう」

裕一は何度も言う。眼鏡の奥で光る裕一のやわらかい目が、沙織は好きだ。中肉中背、とりたてて目立つ容姿ではないが、裕一の身体全体から柔らかな優しさがにじみ出ている。声もまた高からず低からず、だがソフトな口調で落ち着くのだ。

「やめてよ、大台に乗っちゃったのよ」

沙織は軽く彼を睨む。自分の目に媚びが浮かんでいるのは承知の上だ。これが女のずるさだと実感する。そして媚びている自分を楽しむのが「恋」なのだということもわかっていた。

沙織はパートが休みで、裕一は午後から半休をとっている。彼はしょっちゅう休日出勤をしているので有休が余っているのだそうだ。

「今日もとてもきれいだよ」

きれいなどという言葉を、独身時代でさえ沙織は向けられたことがない。結婚前の夫はこんなことを言っただろうか。この言葉に素直に酔っていいかどうかと一瞬、悩んだけれど少なくとも受け止めておいたほうが居心地はいい。

ランチに二時間もかけた。その間中、沙織は笑っていた。裕一が相手だと、どうしてこれほどリラックスしていられるのだろう。接点がなさそうなふたりなのに、実は大学が同じ、しかも学部まで一緒だったとわかり、親近感が増した。裕一が三歳年下だからかろうじて一年間は同じキャンパスにいたわけだ。そんなよくある〝偶然〟が恋愛の濃度を簡単に高めてしまう。

店を出ると、裕一は繁華街の奥へと沙織を誘う。人気の少なくなった路上で、裕一は沙織の腰を抱いた。

「危険よ、そんなことしちゃ」

振り払おうとしたが裕一の力は強かった。

「もっともっと、沙織さんのことが知りたいんだ」

ラブホテルの看板が見えてくる。

「だめ、一度きりにしておかなくては」

そう言いながら、沙織は自分が彼を欲していることに気づく。そうでなければこんな入り組んだ路地の奥へ歩いてくるはずもない。この路地を抜けるとホテル街なのだ。

「どうして？　よくなかった？」

男の声に不安が混じる。

「そんなことない！　とってもよかった。だからこそ、いけないと思うの」

「よかったのなら、もう一度、よくなろうよ」

「でも……」

拒絶すればするほど、腰に回された裕一の手に力がこもる。指が腰を這い回った。この人は欲情している。そして私も……。この間の快感が本当のものなのか、自分があの快感を自分のものとして手に入れることができたのか、確認したい思いが強くなっていく。沙織も裕一の腰に手を回した。この人を失いたくない。だから共犯者になろう。本気でそう思った瞬間だった。

快感に引っ張られて

二度目にホテルの門をくぐるとき、沙織は心を決めた。

「私がこの人を好きになって、私の決断でここに来たんだ」と。男にどうしてもと請われたわけではない、褒めそやされてその気になったわけでもない。自分が好きになった人とどうしても抱き合いたかったのだ。自分の意志で選択した。そう思いたかった。

「どうしてこれほど沙織さんのことが好きになったのかわからない。でも好きなんだ。家庭を壊してはいけないとわかってる。だけどあなたのことも失いたくない」

裕一がそう言ったとき、「私もまったく同じ気持ち」と沙織は笑った。同じすぎて笑えてきたのだ。それを言うと、彼も笑う。

「同じことを考えていたんだね」

鳥が餌をついばむように唇を合わせる。それがだんだん激しくなり、裕一の息遣いが沙織を興奮させていく。

彼の体の重さが心地いい。自分の体と相手の体の区別がつかなくなっていく。そう思った瞬間、沙織の体がしなった。恐怖感に襲われる。裕一にしがみついているのか、自分がどこかに飛んでいかないように彼が抱きしめているのかわからない。とにかく沙織は自分がばらばらになって飛んでいくと感じていた。

これ以上、自分ではどうにもならない、すべてが粉々になってしまう。そう思った瞬間、頭の中に閃光が走る。

「沙織さん……沙織さん」

遠くに裕一の声が聞こえた。徐々に意識が戻ってくる。目を開けると、眼鏡をはずした彼がじっと見つめていた。

「私……あんまり気持ちがよくて……」

自分の声が自分のものと思えない。それほどの快感が自分の中に眠っていたことが大きな驚きだった。裕一がにっこり笑うのが目に入る。邪気のない少年のような笑顔に、沙織の心が満たされていく。

夫とはまったくのセックスレスというわけではないが、今や年に数回、あるかないかだ。結婚して二十年近くなれば誰も似たようなものかもしれない。

沙織が腹立たしいのは、酔って帰ってきたときに限って、夫がその気になることだ。甘い雰囲気などまったくない。沙織のほうも、寒いにつけ暑いにつけ、さっさと終わらせてよねという気持ちしかない。とりあえず「夫婦であること」を確認するための年に数回の儀式のようなものだと割り切っていた。だから、巷《ちまた》で言われているようにセックスが気持ちのいいものだという認識は、沙織にはなかった。

同じ行為なのにどうして、これほどまでに違うのだろう。自分が壊れて飛んでいく、恐怖と紙一重のあまりにぎりぎりのせつない快感……。脳内も身体も快感のプールに浸っているような感覚だ。ずっとこれがほしくなったらどうしたらいいのだろう。沙織の頭の中でいろいろな考えがぐるぐる巡る。

今は別れられない。別れたくない。この人を失いたくない。それだけだ。沙織は力を込めて裕一にしがみついた。裕一も強く彼女を抱きしめてくる。

ホテルを出ると、ふたりはすぐに右と左に別れた。最後に目と目で「またね」と確認する。関係を長く続けていくためにはルールが必要なのだ。誰にも知られないように、ふたりだけで愛情を育んでいけるように、沙織はつらかったがいくつかルールを提案した。裕一も静かに、そして確信に満ちた目で納得して受け入れた。

体に残った気怠い余韻を男に預けながら一緒に歩きたいのは山々だが、それは危険な行為だった。誰かに見られたら、もう会うことはかなわない。

体の中を風が吹き抜けていくような思いを味わいながら、沙織は駅へと急ぐ。駅に隣接するデパートの地下を覗き、子どもたちが好きな豚肉を大きめに切ってもらう。とんかつにするかソテーにするか……。考えていると、ぬらりと足の間が濡れる。体は今も、抱き合っていた男を求め続け、気持ちは家庭に向いているのだ。身と心が引き裂かれるような気分になりながら、沙織はなんとか気を取り直して財布を開いた。

葛藤の日々

その晩だった。子どもたちがそれぞれの部屋に引き上げたころ、夫が帰宅した。キッチンをのぞき込んでつぶやく。

「この時間にポークソテーはきついなあ」

「そう言うと思った。じゃあ、あっさりと焼き魚に大根おろしはどう?」

おや、という目で夫が見つめる。なぜかいつもより夫に優しくなっている自分を沙織自身も感じていた。

「私だって、この時間に肉がきついくらいわかってるわよ」

夫ににっこりと笑って見せる。

「さすが。長く連れ添った妻ってのはいいものだな」

妙にしみじみとした口調なのが気になって振り返ると、夫は手酌でビールを飲みながら、「あのさ」と話し始めた。

「オレの同期で高田《たかだ》っていうヤツがいるんだけど、なんでも奥さんに家出されたらしいんだ。確か、オレたちの結婚式にも来てくれていたはずだよ。覚えてない？」

「さあ……」

「家出の原因が、若い男との不倫だって今日わかったんだ。彼はここ一ヶ月くらい病欠してててね」

沙織は思わず皿を取り落としそうになる。

「急に奥さんに家出されたら大変だよなあ。彼はほとんどうつ状態になって病院にかよっているらしい。しかも、高校生と中学生の子どもたちを置いて男と駆け落ちしたんだって。気の毒だよ。高田はいいヤツなんだよ、気が優しくて」

「彼に落ち度はなかったのかしら」

「うーん、そりゃ夫婦だからいろいろあるだろうけど、でも子どもをふたり置いて、ごく普通の家庭の主婦が駆け落ちするか？　相手はものすごく年下の男らしいよ」

彼とのセックスがよかったのよ、きっと。すべてを失っても彼との愛に人生を賭けたくなったのよ。沙織は心の中できっぱりと言った。

「世の中、不倫が流行ってるのかもしれないけど、あんなにあからさまになったのは会社でもめったにないことだから、今日なんかその話でもちきりだよ。高田は大学時代から、彼女とつきあって結婚したんだよ。結婚も早かった。オレはよく知らないんだけど、学生時代の一時期、彼女はうちの系列会社でアルバイトをしていたことがあったらしくて、当時のことを覚えている先輩がいてさ。『あの子、いい子だったよ』『地味だけど一生懸命働く素直な子だったよな』っていう話まで出てきちゃって。高田が気の毒でたまらないよ」

そんなに美人でも妖艶でもなかった、ごくごく普通の地味な奥さん。そういう人こそが一度、あの快感を知ってしまったら抜け出せないのかもしれない。そう、私のように。

「おいおい、お湯が沸騰してるよ」

夫に声をかけられて、沙織は我に返る。あわててヤカンの柄をつかんであちっと声を上げた。

「お子さんたち、どうしてるの？」

「高田のお母さんが実家から出てきてくれて、めんどう見ているみたい。お母さんだって、もう七十代半ばくらいになるんじゃないかなあ。彼女にしてみれば、息子は心身共にぼろぼろだし、孫たちも傷ついているだろうし、たまらないだろうね。年老いたお母さんがひとりでがんばっているとしたらかわいそうだよ」

夫は声に若干の怒りをにじませている。家族を振り捨てて出て行った妻に、同期の友人として悔しさと憤りがあるのかもしれない。

「夫婦って何があるかわからないわね。わかっているようで、お互いのことなんて何もわかっていないのかもしれない」

「おいおい、そんなこと言うなよ。何があっても一緒にがんばっていくのが夫婦だろ」

沙織はふっと夫の顔を見た。この人はそういうつもりで生活してきたのか……。もちろん私もそう思ってきたけれど、夫にそんな覚悟があったとは思えなかった。言葉と行動が一致しないのが夫の常なのだ。

「その高田さんっていう人の奥さん、夫に女として大事にされていたのかしら」

ふとつぶやいてしまった。

「え、何?」

夫に聞こえなかったのが幸いだった。

「ううん、大変だなと思って」

沙織は夫の前に焼きたての魚と大根おろしを置いた。漬け物とサラダと焼き魚という朝食のような夕食を、夜食といってもいい時間に食べている。仕事が忙しい会社員というのも大変なんだなと沙織は思う。以前だったら、どんなに夜遅くても、夫は好んで肉や揚げ物を食べていた。お互いに年をとったということか。魚をおいしそうに食べる夫を横目で見ながら、沙織はグリルを洗い始めた。

翌朝、家族を送り出して掃除や洗濯をしながら、沙織は夫の話を頭の中に蘇らせていた。高田さんの奥さんは、どうして「すごく年下の男」と駆け落ちしたのか。その決意は相当なものだろう。そうせざるを得なかった何かが夫婦の間にあったに違いない。

他人事とは思えなくて、沙織の心は昨日からざわついたままだ。子どもたちを置いて出ていった妻の気持ちが、わかるようでわからない。わからないようでわかる。だから体の節々が痛い。

今日はパートが休みでよかった。こんな気持ちで裕一の顔を見たら、突然泣き出してしまいそうだから。

そのとき、携帯にメッセージが流れてきた。

〈沙織さん、昨日はありがとう〉

携帯でのやりとりも、万が一、誰かに見られたとき言い訳がつかないような文言はやめようと沙織と裕一は約束した。ロックは二重にかけることや、夜や週末にメッセージのやりとりもなるべくしないようにするということも話し合った。すべては「長く一緒にいるため」だ。多少の不自由はやむを得ない。

「ただし」

と裕一はそのとき笑って言った。

「我慢ができなくなったら、メッセージをやりとりしようね。あなたとの間で我慢と無理はしたくない」

顔を合わせて話すことが少ない分、沙織の仕事が休みの日は、裕一は折りに触れてメッセージをくれる。

「沙織さんが寂しいだろうと思ってするわけじゃないんだ、僕が沙織さんと一緒にいられなくて寂しいんだ」

裕一はさらりとそう言った。家庭をもつ沙織に負担をかけまいと心の底から、彼は常にそういうフォローをしてくれる。それが沙織には何よりうれしかった。

「私は高田さんという人の奥さんのようにはならない」

裕一のメッセージが浮かんだ携帯を抱きしめながら、沙織は改めてそう決断する。どれだけ抑制しても抑制しすぎることはない。どれだけ危機管理をしてもしすぎることはない。人に知られてはいけない恋なのだから、熱くなりすぎてはいけない。大人として分別ある行動をとらなくては。沙織は毎日、そのことを自分に言い聞かせようと決めた。

沙織が裕一との関係を日常生活に組み込むようになって三ヶ月がたつ。ようやく少し落ち着いた日々が戻ってきた。だが、沙織の裕一への気持ちは高まる一方だった。熱く燃える心をクールな態度で隠すのにやっと慣れてきたのだ。

裕一と一緒の時間は、目の前の彼だけに集中する。だが、彼と別れて一歩踏み出したら、「素の沙織」は捨てる。母として妻としてスイッチを切り替えるのだ。最初は慣れなくて、食事を作りながら裕一の声が頭の中で鳴り響いたり、洗濯物を干しながら彼に愛撫されている錯覚があったりしたものだった。

身体が裕一を覚えていて、突然、反応してしまうことがあるのだ。へなへなとベランダに座り込んだこともある。自転車をこいでいて、急に彼に挿入されたような感覚に陥ったこともある。そんな時期を経て、ようやく自然にスイッチの切り替えができるようになっていった。

このところ、春香は連日、塾で遅くまで勉強をしている。塾で食べる夕飯として弁当を作ることも多い。

「しっかり夕飯を食べないと体に毒よ。せめて一日置きに早く帰って家で食べなさい。

一応、栄養は考えているけどお弁当じゃ気持ちが満たされないでしょ」

沙織はそう言って、春香の勉強を少し邪魔する。自分を追い込む娘の気持ちもわかるが、若いがゆえにとことんまでがんばってしまうと、あとで必ず心身の調子を崩す。せっかく受験に合格しても、そのとき燃え尽きていたら学生生活は悲惨なものになるはずだ。

せめて温かいものを家で食べさせたい。それが沙織の願いだった。

「おかあさんが甘いから、私は自分で自分に厳しくするの。大学に入ったら、いくらでもおかあさんの熱々料理が食べられるもの」

春香は力強くそう言う。高校に入ったばかりのころの彼女は、やたらと沙織に口答えをした。母親の生き方を否定さえした。

「おかあさんは大学を出たのに、どうして自分の人生を自分で切り開こうとしなかったの？　どうして結局は家庭を選んだの？　そういう生き方ってどうなんだろ」

「私は結婚して子どもをもつことを選んだの。共働きという選択もあったかもしれない。だけど私は子どもたちの成長を自分の目でずっと見ていたかった」

「子どものために仕事をあきらめたわけ？　自分の自由は考えなかったの？」

「違う。私が子どもたちを見ていたかったの。あなたたちの成長を一瞬も見逃したくなかった。本当にかわいかったし楽しかったのよ。それが私の人生の楽しみだった。

仕事と育児、どっちがより大事かとかそういう問題じゃないわよ。育児を選んだ人が自分の人生を放棄したような言い方をしないでほしい。仕事を続ける自由もあるかもしれないけど、家庭を選択する自由もあるのよ、春香の言い方を借りるなら」

大げんかになったそのとき、沙織は娘とこんな言い合いができることをむしろ楽しんでいた。あまりにきっぱりと「これが私の人生だ」と言いきったことに、娘は驚いたようだった。それ以来、娘の反抗期はピタリとおさまった。

万が一、今、沙織がしていることを春香が知ったらどうなるだろう。父親以外の男に身を任せ、媚びを浮かべた濡れた目で歓喜に体を震わせていることを知ったら……。

妻からの電話

パートが休みの日、沙織がせっせと風呂掃除をしていると、ダイニングテーブルに置いた携帯電話がけたたましい音を立てた。手を拭きながら電話を見ると知らない番号だ。少し警戒しながら電話に出る。

「はい」

「安西沙織さん？　武田と申しますが」

切り口上にも聞こえる女性の声だった。武田、という名字に反応した沙織は、びくっと体を動かし、そのまま電話を切った。あわてて裕一にメッセージを入れる。

〈奥さんから電話きた。切っちゃった〉

裕一は仕事中だろう。すぐにまた電話が鳴る。さきほどの番号だ。出るべきか出ないですませるべきか。迷ったが思い切って出る。

「なんで切るのよ」

声が苛立っている。

「ごめんなさい、うっかり指が触れて切ってしまったみたいで失礼しました」

「誰だかわかるでしょ、私が」

「ごめんなさい、どちらさまでしょうか」

「武田です。武田裕一の妻です」

「はい……」

「どういう用件だかわかってるでしょ」

「すみません、わかりません」

「何言ってんのよ、あなた。夫や子どもにバラされたいの？」

相手はどんどん激昂していく。冷静にならなければと沙織は歯を食いしばった。以前、裕一とそんな話をしたことがあったのだ。バレそうになったらどうする？　と。証拠を突きつけられない限り、しらばっくれようと決めた。たとえホテルに入るところを写真に撮られても、気分が悪くなっただけ、介抱してもらっただけと言い張る。

決して認めてはいけない。

　沙織はそれを忠実に守るしかないと腹をくくった。

「すみませんが、何の話でしょう。武田さんとは職場で一緒ですが」

「あなたとうちの夫は密会してるんですってね。知ってるのよ」

「密会？」

　沙織はわざとらしく声を上げた。

「仕事の打ち合わせでふたりで出かけたりはしますが、密会なんて……」

「私の妹が写真を撮ってきたのよ、あなたたちがカフェで顔を寄せ合って話しているのを」

　あ、と沙織は気づいた。そのときは本当に打ち合わせだったのだ。沙織はパートではあるが、独身のころ似た業種で働いていたので、裕一と取引先に出かけることもあった。娘が大学に入ったらフルタイムで働くことを会社も了解しているのだ。

「ふたりで書類の細かい数字を見ていたときかしら……」

　沙織はビジネスライクな口調で告げる。

「そのあとホテル街へ行ったんですってね」

「取引先への近道ですから」

　言いながら、沙織は内心、勝ったと感じた。そう思ったからこそ下手に出る。

「申し訳ありません。誤解させてしまったようで。ただ、そういうことでいちいち電話をいただいていたら、私も仕事に熱意をもてません。私も家庭がありますから、非常に迷惑ですし。武田さんとはコンビを組んで仕事をさせてもらっていますが、会社に言って、コンビを解消させていただきましょうか。私的なことで仕事に支障をきたすのは、おそらく武田さんもお困りになるとは思いますけれど」

電話の向こうで少し慌てる気配がある。

「誰もそんなこと言ってないでしょ」

ばちっといきなり電話が切られた。ふうーと大きなため息をついて、沙織はダイニングの椅子に座り込む。手が汗で濡れている。いざというとき、自分がこれほど冷静に対処できるとは思わなかった。女は守りたいものがあると強くなるのだ。

〈どうした?〉

裕一からメッセージが入っていた。

〈電話できる時間があったら電話して〉

すぐに電話がきた。あらましを話すと裕一はため息をつく。

「嫌な思いをさせてごめん」

「何言ってるの。嫌な思いをしているのはあなたの奥さんよ」

裕一が息を呑むのがわかった。

「私たちはふたりして、それぞれの配偶者を騙《だま》している。それでも一緒にいたいから私は覚悟を決めたの。私は夫には絶対悟られないようにする。あなたも私と離れたくなかったらそうして」

言いながら、沙織は自分の強さに驚いていた。強さというのが違うなら狡《ずる》さだろうか。いつからこんなに狡猾な女になったのか。裕一との関係が自分を変えたと彼女ははっきり感じていた。

仮面を使い分ける女

いつしか沙織は自分の仮面を使い分けるようになっていた。夫といるときは「明るい妻」に、子どもたちには「楽しくて優しいおかあさん」に、仕事中は冷静でてきぱきした女性に、それぞれの場所で求められている仮面をさっとつけ替える。そして裕一と一緒のときだけ、すべての仮面をはずして、ただのオンナになるのだ。

ダイニングで紅茶を飲みながら、ふふっと沙織は含み笑いをした。珍しく少しのんびりしている春香が淹《い》れてくれたのだ。

「何笑ってるの、おかあさん、気持ち悪い」

春香が軽くにらむふりをしながら笑っている。

「だって春香が紅茶を淹れてくれるなんて久しぶりだもん。いいね、こうやって一緒に飲むのって」

そこへ浩平が帰ってくる。今日はバイト上がりが早い。

「バイト先で食べたんだけど、腹減っちゃった。何かある?」

いつだって「家庭」には食べるものがある。家族はそう信じて疑わない。それを一手に引き受けてととのえているのは私。沙織は少しだけプライドのようなものを感じる。

「あるわよ、おでんが。一個百円でどう?」

「コンビニより高いよ」

浩平が口を尖らせる。彼が必死にバイトをしているのは高価なギターを買うためだ。大学に行きながらアマチュアバンドを組んでいる。何でも好きなことをやればいい。バックアップできることがあればしてあげる。沙織はいつも子どもたちにそう言っていた。

子どもたちは自分の道を見つけて生きていく。その生きていく体力と気力を養うのが親の務めなんだよ。沙織の母はよくそう言っていた。どうやって養えるのと聞いた沙織に、母は笑いながら「栄養たっぷり、たくさん食べさせておけばいいのよ」と言った。

今になってみると本当にそうだと沙織は思う。もとが丈夫なのだろうが、子どもたちは大きな病気をすることなく大きくなった。浩平の反抗期もごく普通にやってきて去って行った。彼は中学に入ると同時にやたらと大人ぶって口答えをするようになった。

「おかあさんにはわからないよ」

何度もそんなことを言っていたが、それもいつしかおさまっていた。

今まで沙織は、こんなふうに自分の人生や生活を思い返すことがなかった。裕一と関係をもつようになってから、自分の生活を細部まで見つめるのが習慣になりつつある。彼との時間が、沙織の神経を敏感にし、日常生活までをも活性化させているのだ。

隠しごとをしたりウソをついたり、ときには人を欺いたりしているのに、心は常に透明だった。いけないことをしている自覚はある。だが罪悪感は抱いていない。不思議な心持ちなのだ。誰にでも、特に夫には自分でも不思議なくらい温かい気持ちで接している。

裕一が仕事で問題を抱えているときの眉間の皺を思い出すと、夫につっけんどんにできなくなるのだ。今のまま、時間が過ぎてほしい。なにごとも起こらないように、誰も傷つかないように。

心も体も満たされているけれど、脳はいつも黄色信号を発している。その信号が赤に変わらないように気をつけなければ。自分にそう言い聞かせる。

「ただいま」

帰宅したときの夫の声が、心なしか最近明るくなったように思え、沙織はいそいそと立ち上がって「お帰りぃ」と声を張った。

第二章　哲　　雄

　小さくて古いバー『止まり木』のカウンターに佐伯哲雄《さえきてつお》はひとりで座り、背を少し丸めてウィスキーを飲んでいる。週に一度、多いときは二度ほど、哲雄はここにふらりとやってくる。それが習慣になってもう十数年になるだろうか。父親から倒産寸前の町工場を譲り受けて経営するようになってからしばらく経ったころ、偶然、この店を知ったのだ。以来、哲雄の逃げ場所になっている。

　マスターの篠原剛志《しのはらたけし》ともう長いつきあいだ。だが篠原はよけいな口をきいたことがない。何か聞けばぽつりぽつりと言葉は発するが、プライベートなことはいっさい話さない。他の客の噂をすることもない。ただ黙って酒を作り続け、シェーカーを振り続けている。

　哲雄がひとりで黙って飲みたいときは放っておいてくれる。だから居心地がいいのだ。この店に来るのはそんな客が多いと見えて、客同士でもそう簡単に仲良くはならない。

「こんばんは」

　そこへ武田裕一が入ってきた。おう、と哲雄が手を挙げる。この店で哲雄が話す数少ない顔見知りである。

「ああ、哲さん、来てたんだ」

　裕一は哲雄より十歳近く若いだろうか。ここ一年くらいよく見かけるようになり、会うと目で挨拶するようになり、しばらくたってようやく言葉を交わすようになった。酒場で出会う男同士というのは、そんなものだ。どこかで社会的地位を計りあう。そして別世界の人間だとわかると、言葉を交わすようになる。

　哲雄は最初から警戒心をもっていない。元サラリーマンで今は自営業だから、誰とでも話を合わせることができる。ただ、年齢や収入の話はしたくなかった。裕一は、そういった肩書きや社名などを飛び越えているところがあって、哲雄は言葉を交わすようになってから急速に心を許した。彼がサラリーマンであることは見た目でわかるが、どういう内容の仕事をしているのかは知らない。裕一のほうも哲雄が自営業であることしか知らず、仕事の内容には触れてこない。

　酒を介して話をする。無駄話であったり人生観であったり。互いの背景などあまり見えないほうがいい。哲雄はそう思っていた。

少し高い椅子によいしょと座ると、裕一はネクタイを緩め、「ああ」とため息をついた。いつも軽やかな身のこなしをする彼にしては珍しい。

「どうしたんだよ、顔色がよくないな」

「まあね、いろいろあって。マスター、いつもの」

すぐにおしぼりとナッツ、そして裕一の「いつもの」が出てくる。スコッチを生でちびりちびりと飲むのが彼の好みだ。

知り合いと会ったからといって、男同士、すぐに話が弾むというわけでもない。ときおり言葉を交わしては一口飲み、また沈黙する。

ところがこの日はやけに裕一のペースが速い。あっという間に二杯目を飲み終え、「もう一杯」と彼が言ったところで、じっと見ていた哲雄が「どうした」と声をかけた。

「哲さん。オレ、恋しちゃったんだよ」

「恋か」

「驚かないの？」

「驚くわけないだろ。誰だって恋くらいするさ」

「妻に勘づかされてさ。相手の女性に電話しちゃったらしい」

「それはまずいな」

「そう、まずいんだよ」

「だからってどうにもならないよな」

「うん。別れる気はないんだ。というか別れられないんだよ。本気なんだ」

「家庭を壊すつもりもない、と」

「妻にも子どもにも罪はないからね」

「男はつらいな。バレたのは裕さんのせい？」

「そうだね。どうやら携帯電話の管理が甘かったみたい。彼女に念を押されてたんだけどね、きちんと管理してって」

「男は脇が甘いよなあ」

「なに哲さん、女性みたいなこと言って」

「いや、よくそういう芸能ニュースがスポーツ新聞に載ってるからさ。言ってみたかったの」

哲雄は裕一の気持ちをほぐすように冗談めかした。

「でもさ、女って不思議だよね。だってオレ、そんなに妻に愛されているとは思えないんだもん……」

「愛していなくたって嫉妬はするさ」

「そういうもの？」

「嫉妬は愛じゃない、執着だからね」

裕一は目を見開いて哲雄を見る。

「そうか」

うなだれた裕一を見て、哲雄はこの男も苦しんでいるんだなと察した。誰かを好きになるのは苦しいのだ。そして誰かに嫉妬することも苦しい。だから彼の妻も苦しんでいるはずだ。

「女性は強いよね。好きになった彼女、うちの妻からの電話でシラを切り通してくれたみたい」

女はいつだって強いのだ。恋をしたから強さが引き出されただけで、もともと女は強い。だが哲雄の口から出てきたのは別の言葉だった。

「人はどうして人を好きになるんだろうなあ。ひとりでもがき苦しんでさ。好きになったって、それを上回る見返りがあるとは限らないのに」

「哲さんも経験あるの？」

「そりゃ、あるさ」

そうか、と裕一は納得したように頷いた。カウンターの向こうでマスターの篠原が聞いていないようなふりをして聞いていると哲雄は感じていた。

「ずるいのはオレだよ、わかってるんだよ」

三杯目をあけると裕一はほとんど意識が朦朧《もうろう》となっている。何度も何度も、「つらいよね、人を好きになるってつらいよね」と繰り返していた。篠原が水を一緒に飲むように誘導してきたが、それでも悪酔いしていた。

「タクシー拾って送ってくるわ」

哲雄は裕一の分も支払って、彼を抱きかかえるようにして外へ出た。

「すみません。よろしくお願いします。何かあったら連絡ください」

篠原が深く頭を下げた。


タクシーに乗せて裕一の家の近所までは行ったのだが、家のありかがわからない。

「裕さん、近くまで来てるんだけど、どこ?」

裕一は泥酔状態だ。

「マンションなんすよ」

「なんていうマンション?」

「えっとねー、グリーン」

「グリーンマンション?」

「いや、緑色」

「困ったな」

「どうにかなりませんか?」

運転手が不快そうな声を出す。

「申し訳ない。裕さん、起きろよ」

そのとき、裕一のスラックスのポケットから携帯が滑り落ちた。

「運転手さん、悪い。灯りをつけてくれる？」

携帯は指紋認証でロックがはずれるようだ。ここはあとで謝ればいいと、哲雄は裕一の指を使ってロックをはずす。電話帳から自宅の番号を探し出した。

「いったいどこにいるのよ、こんな時間まで」

いきなりキンキン響く女性の声があふれてきた。彼の妻だろう。

「申し訳ありません。夜分遅く。今、お宅の近所まで裕一さんを送ってきているんですが。住所かマンション名を教えてもらえませんか」

裕一の妻は、すみませんでもなければありがとうでもない。淡々と住所を告げると一方的に電話を切った。

「運転手さん、住所がわかった」

すぐ近くのマンションだった。裕一が言ったように、薄いグリーンの外壁だ。タクシーに待っていてもらい、哲雄は六階へと裕一を引きずるように連れていく。

チャイムを鳴らしたが妻は出てこない。

「裕さん、鍵はどこ？」

彼はバッグの中から鍵を探し出そうとするが見つからない。ガチャガチャとうるさいはずだが、妻は一向に出てこなかった。

少しだけ酔いが醒めてきたのか、あるいは無意識のままなのか、手探りで鍵を見つけだしたようだ。自分で鍵を開けようとするが、鍵穴に刺っれていない。まったく酔っ払いというヤツは。哲雄は自分を棚に上げて呆れたように笑うしかない。

裕一から鍵をとりあげ、ようやくドアを開けた。中は真っ暗だ。妻が出てくる気配もない。裕一は玄関から続く廊下ですでに横になっている。風邪でもひきそうだが、かといって見知らぬ他人である自分が上がるわけにもいかない。裕一が中から鍵を閉めることはできないだろうから、おそらく哲雄がいなくなれば妻が出てくるだろう。

それでも心配になった哲雄は、あえて言った。

「裕さん、鍵、開けっ放しだからね。中から閉めてよ」

少し音高く、ドアを閉めた。

バーで知り合って話すようになった裕一は、自分が配偶者の他に好きな人ができて苦しんでいる。だが哲雄の場合は、突然、妻にこう打ち明けられた。

「あなた、私、好きな人ができたの」

それは半年前だった。

大学を出てサラリーマンをしていた哲雄は、社内の高嶺の花だった麗子と二十八歳のときに結婚した。彼女は四歳年下だった。当時、哲雄は社内中の批判を浴びたものだった。

「なんであいつが麗子《れいこ》さんを」

「どうやって結婚にこぎつけたんだ。ヤツが多額の持参金でも積んだんじゃないか」

エリートでもハンサムでもなかった哲雄が麗子と結婚できたのは、ひとえに自分がそれまで麗子の近くにいたタイプの人間とは違っていたからだろうと思っている。麗子をちやほやするわけでもなく、だからといって強権的にふるまうわけでもなく、人として恋した相手に忠実だったのだ。つきあっていた一年半の間、恋する麗子のためなら何でもした。彼女は美人だが特にわがままな女ではなかった。だからこそ、哲雄は麗子の言葉を細かく聞いて記憶し、次に会うときは彼女の望みを叶えることに腐心した。

当時流行っていた音楽を聴いてみたいと麗子が言えば、次に会うときはカセットテープに曲を入れて持っていく。聴きやすいように、あるいは自分の気持ちが伝わるように編集もした。ドライブをしながらその曲を聴き、帰りは麗子にプレゼントした。彼女がかつて大好きだった映画のパンフレットを買い損なって悔しかったと聞けば、映画関係の古本屋でパンフレットを探し出した。今のようにインターネットで調べることはできない。自分の足で出向いて時間をかけて探し回った。

「あなたは私にたくさんの時間を割いてくれているのね、会っていないときも」

麗子は心を動かされたようにそう言った。なにもかも、麗子の気を引きたい一心ではあったが、好きな人に忠実でありたいという哲雄の気持ちの表れでもあった。彼女とつきあうようになってからは、仕事にも必死に取り組んだ。そのかいがあって、結婚するときは、あるプロジェクトチームのリーダーになっていた。当時の不文律として、社内結婚の場合、女性が勤め続けることはできなかったので、麗子は結婚と同時に寿退社するしかなかった。

「家庭が落ち着いたら、また仕事をするわ」

そう言っていたが、すぐに妊娠した。生まれたのは丸々と太った大きな男の子で、ふたりは麗子の亡くなった父親から一文字をもらって俊幸《としゆき》と名づけた。

俊幸が生まれた直後だった。哲雄の父が倒れたのは。そしてその看病に疲れたのか、母が先に逝ってしまった。仲のいい両親だった。だからこそ、父は必死でリハビリを重ね、不自由な身体に鞭打って、工場を続けようと立ち上がった。ちょうどバブルが崩壊し、町工場はどこも経営に苦しんでいた。それでなくても景気の波をもろにかぶって、常に先への不安があるのが町工場だ。

「かあさんと一緒にがんばってきたこの工場をつぶすわけにはいかない」

父はその一心でがんばっていた。哲雄はときどき様子を見に行っていたが、ある日、父はぽつりと言った。

「哲雄、もうダメだ。工場を畳むよ。仕事もないし職人がかわいそうだ」

それを聞いたとき、哲雄は思わず言ってしまったのだ。

「いや、とうさん、オレが継ぐよ」

だが父は冷静だった。

「おまえは会社にいなさい。そのほうが苦労しなくてすむ。麗子さんだってかわいそうだ。かあさんがどれだけ苦労してきたか、おまえだって知ってるだろう」

両親はいつも油にまみれて働いていた。だが、そんな両親が哲雄の誇りだった。

「とうさんもかあさんもオレの誇りだよ。オレ、やってみるから教えてほしい」

工場では金型部品などを作っていた。哲雄も大学は工学部を出ている。金型部品だけでなく、そこから派生する別のものも作れるのではないかと学生時代、父親に進言したこともあった。だが、当時は部品作りでじゅうぶんに仕事があったので、その件はいつしかお蔵入りしていた。

自分にしかできないことがあるかもしれない。哲雄の気持ちは逸《はや》った。麗子に相談もせず、工場を継ぐと決めた。

「どうしてそんな大事なことを相談してくれないの」

麗子は俊幸を抱きながら泣いた。麗子のために何でもしていた独身時代とは気持ちが変わってしまったのか。哲雄は自分に何度も問うた。

「オレ、麗子のために何でもするという気持ちは変わってない。だけど自分自身のためにも挑戦してみたいんだ。サラリーマンの妻ではなくなるけど、きみに苦労はさせない」

拝み倒しながらも、彼は自分の意志を曲げなかった。会社勤めをしながら夜も週末も工場に通う夫の姿を見続け、ようやく麗子も頷いてくれた。退職した哲雄は寝食を忘れて仕事に没頭した。若い社長を支えてくれる古参の職人たちの心意気がうれしくて、誰よりも働いた。みんなで一丸となって研究、開発を続けること五年、新製品が陽の目を見ると、ようやく明るい道筋が見えてきた。

最初は工場にはいっさい手を出さなかった麗子も、いつのまにか事務的な仕事をすべてやってくれるようになった。麗子は数年しか会社にいなかったが、経理課所属だったのだ。息子の俊幸が小学校中学年になるころには、近場ではあっても、夏休みに家族旅行ができるくらいの余裕がもてるようになった。

ただ、あまりに忙しかったため、子どもはひとりしかできなかった。もうひとりくらいほしかった、と哲雄は麗子に言ったことがある。

「あのころ、あなたは工場のことしか考えていなかったわ」

麗子は穏やかに笑みを浮かべながらそう言った。

完璧な幸せはないけれど、子どもがひとりであること以外は、オレは完璧な幸せを手に入れている。哲雄はそう思っていた。両親のように、自分自身も麗子と完璧な信頼関係があるのだ、と。

そんな麗子が言ったのだ。つい半年前に。「私、好きな人ができたの」と。最初は面食らって、何をどう言ったらいいかわからなかった。

「ねえ、デートくらいしてきていいわよね」

ある日曜日、哲雄が何も言わないことに業を煮やしたのか、麗子は高らかにそう告げた。麗子の声は少し高めで透明な感じがする。哲雄はその声が大好きだった。だがこのときだけは、その美しい声が悪魔の声のように聞こえてならなかった。

「いいも何も……」

彼が言いよどんでいると、麗子は「出かけてくるね」と行ってしまった。見たことのないワンピース姿だった。

麗子は四時間後、何ごともなかったかのように帰ってきた。ただ、足取りが重そうだ。一方で、まるで後光が差しているように顔が輝いていた。

「デートだけじゃなかったのか」

「デートだけよ」

「何をした」

「聞きたいの？」

麗子の目が妖しく光る。この女はオレの妻ではなかったのか。哲雄には彼女が見知らぬ他人に見えた。


それからもときおり麗子はひとりで出かけていく。工場が休みの週末、特に日曜が多かった。相手も週末が休みの男なのだろうか。そもそも、どうやって知り合ったのか。知りたい。だが麗子には聞けない。どうしたらいいのか、哲雄は頭を抱えていた。

ある日、デートから帰ってきた麗子がこの上なく美しく見えた。哲雄は思わず玄関先で彼女を押したおした。

「やめてよ」

麗子は哲雄を押したが、その力は弱く、声は甘かった。いつになく自分の〝オトコ〟が奮い立っている。身体の奥底から湧いてくる力を彼は感じていた。哲雄は麗子の下着を荒々しく剝ぎ取ると、足首をつかみ、足を広げた。麗子の顔が赤く染まっていく。そこは今しがた他の男を受け入れてきた生々しさに満ちていた。まだひくひくと動いている。ぬめった桃色の肉が哲雄を誘う。いったい、どこのどいつがここをこんなふうにしたのか。腹立たしさと悔しさと、そして異様な興奮が哲雄を襲う。

哲雄は黙ったまま、そこに自分自身を突き立てた。麗子のか細く尾を引くような嬌声が、さらに哲雄の興奮を煽《あお》る。何年ぶりか、あるいは何十年ぶりかわからないくらい、哲雄は何も考えずに身体を打ちつけていく。

途中で麗子の身体が跳ねるように動いた。彼はあわてて麗子の頭の下に手を差し入れる。このまま続けていいのだろうかと一瞬、思ったが、彼自身も自分を止めることができない。妻として知っている麗子ではなかった。怖かったが新鮮でもあった。彼は麗子の身体を全身で押さえつけながら中へ中へと自分を打ち込んでいく。底なしの沼で溺れているような気がした。それでも彼はやめず、麗子もまた両足で彼の身体をがっちりとつかまえていた。


哲雄は麗子の手を引っ張ってバスルームへと誘った。麗子はだるそうに起き上がり、へらへらと薄ら笑いを浮かべながら歩いている。

彼は温かいシャワーを麗子に降り注ぎ、ゆっくりと手のひらで彼女の身体を洗っていく。麗子は気持ちよさそうに目を閉じた。

「どうしちゃったの」

ふたりは同時に声を発した。見つめ合ったところから照れ笑いが生まれていく。哲雄は麗子の秘めた場所に指を伸ばした。麗子の喉がごくりと動き、「ああ」という声が漏れる。

「また感じる？」

麗子はぐったりと夫に体重を預けながら「うん」と言った。結婚したばかりの麗子のようだ。だがあの頃の麗子は、こんなに感じる女ではなかった。息子の俊幸が生まれてから、哲雄はひたすら仕事に打ち込んでいて、いつしかふたりの関係からエロスは抜け落ちていた。彼女にこのような芳醇なエロスを植えつけたのは誰なのか。

「どんな男がこんな身体にしたのかって考えてるでしょ」

麗子が上から夫を見下ろしていた。哲雄は思わずたじろぐ。

「図星ね」

勝ち誇ったような麗子は神々しいと、彼は見とれてしまう。

「きれいだな、麗子。会社で高嶺の花だったころより、今の麗子のほうがずっときれいだ」

さすがにその言葉は妻にとっても意外だったようだ。麗子はしゃがみこんで、哲雄の頬を両手で挟んだ。

「私はこんなオバサンになっちゃったのよ」

「どこがオバサンだよ。しっとりして熟していて、本当にきれいだ。嘘もお世辞も言わない」

「ねえ、あなた、苦しんでる？」

「うん」

「全部聞きたい？」

「わからない。もっと苦しむことになるなら聞きたくない気もする。だけどきみに起こっていること、きみの変化を知りたいとも思う」

「聞いてくれるなら話すけど、私は私で非難されたくないのよ」

「そりゃそうだよね。大人だからね」

「そう。大人は自分のやることを非難されたくない。たとえそれが正しいことではないとしても」

「わかった。非難はしない。ただ、やはりオレはきみのことを知りたい」

麗子は柔らかく哲雄の首に腕を巻きつけた。

「抱いて連れていって」

哲雄は妻を抱いてバスルームから出た。身体をきれいに拭き取り、彼女の大好きなボディクリームを塗る。

ふたりが着替えてリビングで向き合ったところへ、ふらりと俊幸が現れた。たっぷり八年かけて大学を出てから、工場で一緒に働くと言いながら、このひとり息子はまったくまじめに働こうとしないのだ。ひとり住まいのアパートで寝ていることもあるし、どこで何をしているのか、夜もアパートにいないことがある。工場に来るのはせいぜい週に三、四日だ。まったく身が入っていない。それどころか最近ではよそでアルバイトをしているらしい。

「なんだ、おまえ。いつ帰ってきたんだ」

「ついさっき。なんだかラブラブ夫婦だねえ」

俊幸はにやにやと親をからかう。

「そんなことを言ってないで、少しはまじめに働け」

「うん」

いつもこの調子だ。暖簾《のれん》に腕押しというか糠《ぬか》に釘というか、何を言っても真摯に受け止めないのだ。だが性格は悪くないようで、何かあると駆けつけてくる友だちだけはたくさんいる。哲雄はまじめだった自分を振り返り、息子の多少の遊びには目をつぶっている。息子には息子の思惑があるのだろうし、いつかきっかけさえあれば、工場を継いだ自分のように本気で取り組む時期がくるだろう。

「ちょっとシャワーを浴びさせてくれる？　よくわからないけどオレのアパート、水が出ないんだ。シャワーを浴びたらバイトに行ってくるから」

「何をやってるんだ」

「心配しないで。まともなバイトだから」

麗子が呆れたような顔をしながらも、「何か食べて行きなさいよ。サンドイッチならすぐできるから」とキッチンへと立って行った。息子の顔をみれば、麗子はすぐに母親になる。哲雄は俊幸に近づき、「何のバイトなんだ?」とささやいた。

「バーだよ。おとうさんがときどき行ってるバーのマスターがいるでしょ。篠原さん。彼に紹介してもらったんだ、バイト先」

「おまえ、篠原さんのところに出入りしていたのか」

「偶然ね。でももう行かないよ。おとうさんにも秘密の時間は必要でしょ」

俊幸は片目をつぶってバスルームへと歩いていった。親をバカにしていると思う半面、息子が大人になったことを実感もした。

母親が作った簡単なサンドイッチをおいしそうに平らげると、俊幸は「またね」と出ていく。夫婦にようやく静かな時間がやってきた。

「私ね、好きな人ができたと言ったでしょ」

「うん」

「女性なのよ」

「へ?」

哲雄は素っ頓狂な声を上げた。あまりに想定外で言葉を失ったのだ。

「同性を好きになってはいけない？」

「いや、いけなくはないけど」

頭の中が一気にこんがらがった。相手が男だと思っていたから、嫉妬心から興奮したのに女性だと聞いたら体中の力が抜けたようになってしまった。

「同性だと嫉妬しないの？」

麗子は見抜いたようにずばりと言った。

「い、いや。きみがそういうタイプだと思わなかったから」

「そうね。私も女性を好きになるなんて思ってもみなかった。でも、たぶん性別の問題じゃないの。私はその人を好きになっただけ」

「どこの誰？　どうやって知り合ったの？」

「飲み屋のママさんよ」

「へえ」

「たまたま友だちと行ったの。こちらは男友だち。俊幸の小学生時代に一緒にＰＴＡ活動をした仲間。今もつきあっているのよ、知らなかったでしょ。一次会が終わったあと、三人でその飲み屋に行ったの。小料理屋さんという感じかな。そこのママよ。たぶん私よりずっと若いけど、とても素敵な女性でね、惹きつけられてしまった」

「ふうん」

「次の日、ひとりで早い時間に行ってみたの。やっぱり素敵な女性だった。それから何度か足を運んで……。そうしたらある日、彼女のほうから『今日は店を閉めるからふたりで飲みませんか？』って。それで意気投合しちゃったのよ」

どうやって身体の関係にまでなったのか。哲雄は聞きたかったが、そこまではどうかと自重した。

「身体の関係はいつからなのか。聞きたいんでしょ」

麗子には哲雄の心を見透かしてしまう能力が備わっていた。

「う、うん」

「二度目にランチしたあとだったかしら、『うちでコーヒーでも飲んでいかない？』って。彼女のお店でコーヒーをいれてくれて。ふと気づいたら、カウンターの裏に小部屋があるのよ。そこに興味を引かれて何が置いてあるのって聞いたら、『物置みたいなものだけど、疲れるとときどきそこに泊まっちゃうの』って。覗いてもいいか聞いたら、どうぞって。それで小部屋に行ったら彼女もやってきて。後ろからいきなりうなじにキスされたとき、電流に打たれたような気持ちになった」

「正直言って、驚いたよ」

「でしょうね。自分でも信じられないもの。私、高校は女子校だったし、周りではふざけて女同士でキスする子なんかもいたけど、私はまったくそういう気持ちにはなれなかった。女性を好きになったことはないのよ。だけど考えたら、男性だってあなたしか知らないわけだし、恋愛そのものの経験がほとんどない。だけどさっきも言ったように、彼女が女性だから好きになったわけではない。たまたま女性だっただけ」

「そうか」

不思議と哲雄に怒りは湧いてこなかった。そもそも、大人である麗子の行動に怒りを覚えるのはおかしいという気持ちにさえなった。それは麗子が理路整然と自分の身に起こったことを話しているせいもあるかもしれない。感情までをも理性でコントロールし、理性から出てくる言葉だけを紡いでいる麗子に、哲雄は逆に心を動かされていた。

「どう思う？」

「どうって……。オレがとやかく言えるようなことでもないよ」

「相手が男だったら、あなた、怒っていたんじゃない？　同性だと怒りようがないだけなんじゃないかしら」

「確かに。そうかもしれない」

「私の相手が女性なら、少なくともペニス戦争はしなくてすむものね」

ペニス戦争か。その言葉に哲雄は笑い出した。うまいことを言う。配偶者の恋人が自分と同性だと腹が立つのは、確かにペニス戦争なのかもしれない。あっちの男のほうが感じるのか、あっちの男のペニスのほうがいいのか、と。考えたらくだらない戦争である。

「だけど……」

「なに？」

「相手が女性ということは、オレは同じ土俵では戦えないということだよ」

「戦う必要がないということよ」

「オレに好きな女性ができたらどうする？」

「あなたが幸せなら、それでいいと思うかもしれない」

「本当？」

「うーん、それはそれで今度はヴァギナ戦争が起こるかもしれないわね」

哲雄は笑い出す。

「でも私は戦わない。あなたと私の関係、その女性とあなたの関係。別にどちらかを選べとは言わないと思う」

「オレのパートナーはきみしかいないよ」

「私もそう思ってるわ。私のパートナーはあなた。ただ、彼女とはあなたとの関係とはまた別の関係が作れるような気がしているの。それが違うと思ったらたぶんお互いに離れていくでしょうし。彼女にも一緒に暮らしている男性がいるのよ」

「そうなんだ」

哲雄は、妻の好きな女性に少なからず興味を引かれた。

「でも、ほっとしたわ」

「何が?」

「好きなのは女性と言ったとき、あなたの目に軽蔑の光はなかったから」

「軽蔑なんてしないよ。どういう愛情だっていいと思う。ただちょっとびっくりしたけど」

麗子という女は、いつからこんなに艶やかになったのだろう。そしていつからこんなに人として魅力的になっていたのだろう。ともに暮らしてきたのに、自分はなぜ何も気づかなかったのだろう。哲雄は見知らぬ女を見るように、麗子をいつまでも眺めていた。

哲雄は篠原のバーで、ちびりちびりとウィスキーを飲んでいた。

「そろそろ駅前の桜が咲いたようですよ」

篠原がぽつりと言う。

「桜は何があっても毎年咲くね」

「そうですね、律儀ですよね」

息子のアルバイトのことで篠原に礼を言おうかと思ったが、かえって彼に気を遣わせてしまいそうだなと哲雄は口をつぐんだ。息子といえども大人だ。篠原と息子との関係に割って入らないほうがいい。

「でもさ、マスター。世の中は何が起こるかわからないね」

艶っぽい麗子の顔を思い浮かべながら、哲雄はひとりごちた。

「そうですね」

声が沈んだ気がして、彼はグラス越しに篠原の顔を見つめる。表情は穏やかだが眼光が鋭い。この人はどんな人生を歩んできたのだろう。

「マスターは、ずっとこういう商売をしてきたの？」

「開店して数ヶ月、もうお客さんは来ないのではないかと不安になっていた晩に来てくれたのが佐伯さんですよ」

「そうだったっけ。この店の前は？」

「別の店で修業をしていました」

それ以上、聞くのを拒む雰囲気があった。気まずさを感じたとき、「マスター、お代わり」とテーブル席から注文があった。篠原が音も立てずに素早く動く。その身のこなしにも人生が現れていると哲雄は感じる。テーブル席から注文をとってきた篠原が、さりげなく小皿を哲雄の前に置いた。

「ねぎぬたなんですよ。バーで出すにはおかしいかもしれないけど、試作品で作ってみました。ウィスキーにも合うと私は思うんですが。お嫌いでなければ味見してもらえませんか」

哲雄はマスターの粋な行動に舌を巻く。たちどころにさっきのきまずい雰囲気が消えた。懐の深い大人というのは、こういう人のことを言うのだろう。それほど年は変わらないだろうに、どういう道筋をたどればこういう大人になれるのだろうか。

妻の麗子は例の女性とときどき会っているようだ。会いたいならいつでも会わせると言われているが、哲雄は遠慮している。会ってみたい気持ちもあるが、妻と彼女の世界に、夫だからという理由だけで土足で入っていくのもためらわれた。

正直に言えば、哲雄は妻の麗子が他の女性と睦み合っているのを考えると、やはりどこか腑に落ちないものがある。女性同士で快感があるのなら、男の役割はどこにあるのかと空虚な気持ちになることもあった。オレはやはりペニス戦争から抜けられないのか。新たな世界へ軽やかに飛び出していった麗子に比べて、自分はいつまでも「男の沽券《こけん》」のようなものにこだわっているのかもしれないとも感じていた。

ただ、なぜかあれ以来、妻のことが愛おしくてたまらない。どうしてそういう感情になったのかはわからない。工場にいるときの妻は前と変わらず、髪をひっつめて事務服を着て、一心不乱に働いている。工場の若い職人に、「少し痩せたんじゃない？　ちゃんとごはん食べてる？　今度うちに来なさいね」と声をかけたり、もらいものを「奥さんに持って帰ってあげて」と古参の職人に渡したりするところも変わっていない。彼女はいつの間にか、工場の社長の奥さんであると同時に、職人たちの母となっていた。

定年になった職人をひきとめて働いてもらうことになったときも、麗子の懇願が決め手となった。

「もうのんびり暮らそうと思ったけど、奥さんに『頼りにしてるのよ、あなたにやめられたらうちの人もがっかりするわ。やめないで』って言われちゃったんですよ。そう言われりゃやめられないや」

麗子の力は偉大だった。

職人にそう言われて哲雄は驚いたことがあった。

「オレは今まで何をしてきたのかなあ。この工場が生き残ったのもきみのおかげだよ」

つい先日、ふたりで食卓を囲みながら哲雄はしみじみとそう言った。

「なに言ってるの。工場があるのはあなたと職人さんたちの力に決まってるじゃない」

麗子は歯牙にもかけない様子で笑った。

「いや、麗子がいなかったらとっくにつぶれてる」

「私、長い結婚生活の中で、今、いちばんあなたを愛してると思う」

麗子の言葉に哲雄の目の前が霞んでいった。突っ張っていた哲雄の気持ちが、ふわりと軽くなっていく。彼女が外で恋をするようになってから、彼の心の中で何もかもが変わった。たとえば職人と話をしていても、本当はもっと他に言いたいことがあるのではないだろうかと表情から察することができるようになった。

「自分のしたいことではなく、職人さんたちの個性を活かす仕事もあるのではないか」

工場長にそう話し、もっと従業員が気楽に話せる場を持とうと決めた。そこから待遇面での改善や、さらに新しい製品の開発も進んでいる。そんな哲雄の変化を、麗子は常にきめ細かく見つめていた。

第三章　大　輔

高田大輔《だいすけ》は居酒屋でお茶を手に、ぼんやりと座っていた。久しぶりに同期の安西秀夫から連絡があり、ふと会う気になったのだ。

「遅くなってごめん」

秀夫が外の風を連れて入ってきた。彼はいつでも生気に満ちあふれている。大学を出て入社したとき、真っ先に目に入ったのが秀夫だった。自分の将来を期待しているのだろう、彼の体からキラキラしたものが発散されているように見えたのだ。入社して三十年近くたった今も、それは変わっていない。

「どうしてる？　大丈夫か、顔色はいいぞ」

座るなり秀夫は立て続けに言う。秀夫が内心、心配しているときの特徴だ。相手の答を待たずに矢継ぎ早に言葉を発して、まず本人が安心するのだ。案の定、彼は大輔の答を待たずに「生ビールください」と大声で注文した。

「あれ、おまえは？　酒はダメなのか」

「うん、ちょっと薬を飲んでいるからね」

やっと大輔は言葉を発した。

ビールが来ると、秀夫は大輔の目の前に軽く掲げた。

「とにかく会えてうれしいよ。それだけだよ」

ぐいっと一口、気持ちよさそうに飲んだ。

「いいなあ、おまえは。いつも楽しそうで」

同期のよしみで本音がぽろりとこぼれる。秀夫はちらっと大輔を見ながらまた一口飲み、笑顔になった。

「まあさ、オレなんて何も言えないけどさ。でも会えてよかった」

こういうところは昔から不器用な男なのだ。慰めや励ましの言葉をするりと言えるほど、秀夫は厚顔ではない。

「沙織さんは？　元気か」

互いに家には行き来していないので、大輔は秀夫の結婚式で沙織を見ただけだ。だが、ふたりはよくそれぞれの家庭の話もしあっていた。

「元気だよ。子どもたちも元気。最近、沙織は明るくなったなあ。子どもたちに手がかからなくなってきたからかな。もっとも下の娘は今度、受験だからちょっと神経質になっているところはあるけどね」

秀夫は大輔の身に起こったことに触れてこない。それを聞きたくて連絡してきたわけではないことは、大輔もじゅうぶん承知していた。秀夫は電話をしてきて、「顔を見たい」と言った。そこにウソはないだろう。

「オレもようやくおまえに会える程度には回復したよ」

秀夫はそれを聞いてニヤリと笑った。

「おまえらしい言い方だな。もう大丈夫と見たよ」

「しかしひどい目にあった」

妻の変化に気づかなかった夫

大輔は容子《ようこ》と結婚して二十五年たつ。大学の同級生で、入学してからずっとつきあっており、就職して二年たったところで結婚に踏み切った。結婚するなら容子だと決めていたのだ。

容子にとって大輔は初めてのオトコだ。そして大輔以外は知らない。彼は、容子の前にも、つきあっているときも女性はいた。だが、結婚するには容子がいちばんだと思っていた。

当時、秀夫に聞かれたことがある。

「なぜこんなに早く結婚するんだよ。これから独身生活をもっと楽しんでからでもいいんじゃないか」と。

そのときは、十九歳のときからずっとつきあっているのだから、あまり待たせたらかわいそうだろと答えた記憶がある。だが本当は違う。結婚して早く家庭をととのえたかった。つまり家のことは誰かに任せて仕事に集中したかったのだ。いつでも自分の思い通りになる「オンナ」を家に置いておきたいという気持ちもあった。刺激を受ける恋愛は外ですればいいのだ、結婚後は。

容子は落ち着いたしっかりした女性だった。周りの女子学生たちと比べても、常に冷静で感情的になることもなく、穏やかだった。大輔はそこに惚れたのだ。一緒にいて、特に楽しいわけではなかったが、仕事で疲れて家庭に帰ったときに穏やかに迎えてくれることだけは確かだと思っていた。

そしてその通りの家庭生活だった。ただ、ひとつだけ思い通りにならなかったのは子どもだった。結婚して五年目にやっとひとり女の子を授かり、そのあとまた間があいて三十七歳のとき双子の男の子が生まれた。容子は、子どもの成長度合いに合わせてパートで働いて家計を助けつつ、ほぼひとりで子どもを育てていた。大輔は実際、仕事で忙殺されていたし、仕事が終われば一杯飲んでいたので、平日は子どものめんどうなど見たことがない。容子は、そんな大輔に文句ひとつ言ったことがなかった。

「妻にするなら容子」は正しかったのだ。

ところが結婚してこんなに時間がたってから、ものの見事に裏切られた。もっとも「結婚するなら容子」が、大輔の勝手な思い込みだったと思い知らされただけで、裏切られたというのとは少し違うのかもしれない。

今思えばだが、半年ほど前から、どこか容子の様子がおかしかったような気がすると大輔は振り返る。あの冷静な容子が、双子の息子たちに金切り声を上げることがあった。

「どうしたんだよ」

大輔が咎《とが》めるように言うと、容子はハッと我に返る。そんなことが多々あった。自分ではコントロールできないものを抱えていたのかもしれない。気づいてやれなかったのが痛恨の極みだった。

三ヶ月ほど前、容子が改まって「相談したいことがあるから、今日は早く帰ってきて」と朝、言ったことがある。結婚してからそんなことを言われたのは初めてだった。

「わかった。今聞いたほうがよければ、ざっくりあらましだけ教えてくれない？」

そう言うと、容子は首を横に振った。

「いいの、夜ゆっくり話したいから」

それなのに、大輔はその晩、取引先につかまって午前様になった。途中で容子に〈ごめん、仕事がらみの接待で遅くなる〉とメッセージを送った。〈大丈夫、明日でいいから〉と返事は来たのだが、容子はそれ以降、何も言わなくなった。

「あのときの相談って何だったたんだよ」

大輔がいくら聞いても、容子は「たいしたことじゃないのよ、もう解決したから」と言うばかりだった。食い下がると、「実家のことよ」とさりげなく言った。容子の実家は、高齢の両親と弟一家が最近、同居したばかりだから、何か軽い揉めごとでもあったのだろうと大輔は察し、それ以上は聞くのを控えた。夫婦といえども、互いの実家の話題にはどうしても遠慮がある。

そして二ヶ月前、いつものように仕事に出かけて、いつもより早めに帰宅してみると、大学生の娘の佳奈《かな》が、中学生になったばかりの双子の弟たち、亮《りょう》と勇《いさむ》に食事を作っていた。

「おかあさんは？」

夜、容子が出かけることはほとんどなかった。少なくとも大輔の記憶にはない。万が一、そんなことがあったとしても、容子が食事の支度もせずに出かけるはずはなかった。

「わからない。私が帰ってきたらおかあさん、いなかったのよ」

イヤな予感がした。夫婦の寝室に入ってみると、ツインベッドの大輔の枕の上に手紙があった。封を切ろうとして手が震え、思わず深呼吸をしたのを覚えている。

前の晩、大輔は珍しく容子のベッドに潜り込んでいった。容子は何も言わず、大輔の目をじっと見つめた。

「あなた……、私のこと愛してる？」

消え入りそうな声で容子はそう言った。

手紙を読み始めた大輔の顔が歪む。容子は几帳面な字で、しばらくひとりになって生き方を考えたいと書いていた。

昨夜、容子に愛しているかと聞かれて、大輔ははっきり答えなかった。容子の胸をまさぐりながら、「何だよ、今ごろ、どうした」というようなことを言ったのではなかったか。そしてそのまま自分の欲望を遂げると、自分のベッドに戻ってすぐに眠ってしまったのだ。

あのとき、愛している、容子がいなかったら生きていけないと言えばよかったのか。そうすればいつもと変わりない日常が今日も存在していたのか。

リビングに戻ると、子どもたちが夕食をとっている。

「おとうさんも食べるでしょ。おかあさんみたいにうまく作れないけど」

佳奈が立ち上がってご飯をよそってくれた。

「おかあさん、どこに行ったの」

亮がふてくされたように言った。

「知らないわよ、私だって」

「警察に届けたほうがいいかな」

大輔がつぶやく。

そのとき佳奈の携帯が鳴った。メッセージが届いたようだ。

「おかあさん、しばらく家出するって」

携帯を見ていた佳奈がぼそっと言った。

「どうするのよ、おとうさん」

佳奈が恨みがましい口調で言う。

「おとうさんには心あたりがないよ」

「おとうさんに心あたりがないわけないでしょ、夫婦なんだから」

娘はいつからこんなに大人になったのか。大輔はぎょっとして佳奈を見た。

「私、ときどきおかあさんにメッセージを送ってみる。だからおとうさん、早まらないでよ」

早まるなとはどういう意味か。娘はオレが自殺でもすると思っているのか。そのとき大輔はそう思った。

だが時間がたつにつれ、容子がひとりでいるわけではないと薄々わかってきた。始まりは近所の奥さんたちの噂だった。

すっかり気持ちが落ち込んでうつ状態だと診断され、休職した大輔が病院に行こうと家を出ると、近所の奥さん数人が大輔の自宅を見ながら話しているのに遭遇した。

「ねえ、高田さん」

そのうちのひとりが話しかけてくる。別の女性が制しようとしたが、その奥さんは内緒話でもするように口を押さえながら続けた。

「お宅の奥さん、若い男性と一緒にいなくなったって噂よ……。そういえば私もね、三つ先の駅前の歯医者に通ってるんだけど、お宅の奥さんと若い男性が一緒に歩いているのを見たの」

「誰だろう、甥っ子ですかね」

「いえ、だってふたり、ラブホテルに入って行ったのよ。親戚じゃないでしょ」

「やめなさいよ」

他の女性が言ったが、誰もが興味津々であることは雰囲気からわかる。女性たちの目が妖しくキラキラ光り、口元には下卑た笑いを貼りつけていた。大輔は目を背けると、黙ってその場を去った。

そのとき思い出したのだ。容子が真顔で「相談したいことがある」と言ったときのことを。あのとき容子は迷っていたのではなかったか。夫である自分とじっくり話して、自分の迷いを消したかったのではないだろうか。もちろん不倫していることを話そうとしたわけではなく、ただ夫の愛情を確認したかったのではないか。

あの日、仕事とはいえ遅くなったことで、容子は細くつながっていた夫への愛情が一気に切れたのを確認したのだ、おそらく。容子にとって、別の日ではだめだったのだ。あの日でなければ。

大輔は大きなため息をついた。「妻にするなら容子」だと信じていた。実際、大輔が望んだとおりの妻だった。家庭的で貞淑で……。そんな顔の裏で、妻が若い男と不倫をしていたのか。妻の裏切りそのものもショックだったが、家庭的で貞淑で、絶対裏切らないと思い込んでいた自分の目が節穴だったことも衝撃だった。妻への怒りよりも、あんなにうまくいっていると信じていた家庭がどうしてこんなことになっていたのか、その理不尽さに大輔は気落ちしていた。

浮気はしたけれど……

振り返れば大輔は、結婚後も女性が途切れなかった。長い間、つきあうわけではない。だがきれいな女性がいれば目がいく、素敵な女性がいれば近づきたいと思う。それがオトコの本能だと思っていた。

実際、容子に何度か疑われたこともある。容子はそういうとき、ストレートには言わない。

「あなた、これ」

ある日、目の前に出されたのは真っ赤な口紅がついた白っぽい大輔のトランクスだ。

「いやあ、接待でキャバクラに連れていかれてさ。向こうの会社の社長にけしかけられたんだよ、断れないだろ」

「そう、大変ね」

容子はそう言って洗面所のほうへ行ってしまった。あのときはうまく切り抜けたと思ったっけ。

また、別のときにはバッグに入れておいたコンドームの箱がなくなっていることもあった。容子は嫉妬を表に出さないが、ときどきそういうことをした。彼女なりの浮気防止策だったのかもしれない。そして彼女なりのＳＯＳではなかったのだろうか。

そんな妻の気持ちを大輔は汲み取ることができなかった。

ここ二年ほど、大輔は仕事で知り合った恵利《えり》とつきあっていた。五歳年下の彼女はフリーランスでデザイン関係の仕事をしており、シングルマザーだ。夫の暴力に耐えかねて離婚したという。そんな過去がありながら恵利はいつも明るく、今の自由を謳歌していた。ひとり息子は大学生だから、もう手はかからない。大輔が「会いたい」といえば、ほとんどの場合、恵利は時間の都合をつけてくれた。

「大輔さんは、そうやって自由に浮気をしているようで、実際には職場にも家庭にも縛られているよね。縛られているのか自ら縛られようとしているのかわからないけど」

　恵利にそう言われたことがある。図星だった。大輔はわかっていた。オトコの本能だの甲斐性だのと思いつつ、やはり自分が常に縛られて常識外の行動をとれないことに。恵利がフリーランスで独身であることも、大輔には好都合だったのだ。もし恵利が会社員で家庭があったら、そんな危ない橋は渡れなかったと思う。

「でもいいのよ、あなたはそれで。枠があるから才能を発揮できるタイプだと思う」

　そんなふうにずばずばモノを言う恵利に、大輔は今までにない新鮮な刺激を覚えていた。これは単なる浮気ではない。恵利を自分だけのものにしたい。そんな欲求が体の奥からわいてきた。

「私は誰のものでもないわよ。女は男の所有物じゃないの。私は私」

　恵利はいつもそう言った。そんな恵利に魅力を感じながら、大輔は妻の容子を自分の所有物のように扱っていることに、まったく気づいていない。

　浮気はしていたが、そして恵利に本気になっていたが、それでも家庭を壊すようなことはしていない。だから容子に文句を言われる筋合いはない。そもそも容子はたったひとりの「妻」なのだ。替えは利かない。それが大輔の考え方だった。

　妻が出て行ったあと、恵利にもそのことを話した。恵利はしばらく考えてから言った。

「大輔さん、奥さんのこと大事にしてなかったでしょ」

　浮気はともかく、暴力をふるったこともないし借金もない。それほど口うるさい夫でもないはずだ。家計や家事や子どものことは妻任せにしていたが、休みの日には昔も今も、子どもたちとできる限り話すようにしている。何が問題なのかと大輔は恵利に問いかけた。

「奥さん、寂しかったんだろうな。女として見られてなくて」

　恵利はずばりとそう言った。妻を女として見る……。どのように見ようが、妻が女であることに変わりはない。セックスだって、月に一回くらいはしているはずだ。いや、二ヵ月か三ヵ月に一度くらいか。いずれにしても恵利の言う「女として見る」ことが性生活のことであるなら、大輔はきちんと妻を女として見ているではないか。大輔は今ひとつピンとこないまま、恵利を荒々しく押し倒した。自分でも、妻への苛立ちを恵利にぶつけているような気がした。

　恵利の体から女の匂いが漂う。容子にはない、大輔のオトコを刺激する匂いだった。

妻は誰と駆け落ちしたのか

　容子が出て行って一ヶ月もたたないうちに、大輔は地方でひとり暮らしをしている母親に助けを求めた。身も心も重くて会社には行けないし、家事もできない。仕事をとったら自分は何も残らない無能な人間だとまた落ち込んでいく。

娘の佳奈がけなげに家のことやってくれてはいたが、大学生の娘に何もかも押しつけるわけにはいかない。

幸い、母親は七十五歳だが元気だ。あらましを話すとすぐに新幹線に乗ってやってきた。

「どういうことなの、容子さんが出て行ったって」

「詳しいことはわからないんだ。とにかくかあさん、家のことを手伝ってほしいんだよ。もう限界だよ」

母は息子の心療内科の薬袋を見て、何も言わなくなった。もってきたエプロンを着けると、佳奈が買い出してきた食材で料理を始めた。懐かしい母の煮物を口にしたとき、大輔は子どもの頃を思い出して涙が出そうになった。自分の人生は、どこで間違ってしまったのだろうか。


休職して二ヶ月半、同期の安西秀夫と居酒屋で会ってから数日後、大輔はようやく職場に復帰した。妻が誰と一緒なのか、どういう結末になるのかはまだまったくわからない。ただ、いつまでも休職していられなかったし、仕事への意欲は戻ってきていた。誰に何を言われてもかまわない。淡々と仕事をしようと大輔は決めていた。

「おう、出てきたか」

秀夫に真っ先に声をかけられた。部署は違うが同じフロアなので、大輔が入ってくるのをとらえたのだろう。

「なんかあったら、いつでも言えよ」

秀夫は足早に近づいてくると、そう言って片目をつぶった。

部長や部署の仲間たちに挨拶をし、大輔は自分の席に座った。こんなに長い間、仕事から離れていたのは初めてだ。仕事を引き継いでくれていた同僚たちから進捗状況を聞き、自分がやるべきことにとりかかる。

仕事に没頭していれば現実を忘れられる。いろいろ噂をされているのかもしれないが、大輔はあえて気にしていない風を装った。しばらくすると、同僚たちの妙な気遣いもなくなり、帰りに軽く一杯という習慣も復活した。だが、家に一歩入ると、妻がいない現実を突きつけられる。仕事に復帰して一ヶ月ほどたったころ、母親がしみじみと言った。

「このままでいいの？　私だってそろそろ帰りたいよ。あっちに友だちもいるしね。私は都会暮らしには慣れないよ。いつまでも私に頼らないでほしいのよ」

大輔はハッとした。息子や孫と暮らせるから満足なのではないかと思っていたのだが、母には母の暮らしや人生があるのだった。

「あんたも本腰据えて、容子さんを探したほうがいいんじゃない？」

母の目は真剣だった。そういえば母は今まで容子が失踪したことについて、ひと言も文句を言っていない。子どもたちがいないとき、容子が駆け落ちしたという噂があると話したが母は何も言わなかった。悪口ひとつ言わないとはどういうことなのか。

「かあさんはどう思ってる？」

それとなく母親の意見を聞こうとしてみた。母はそうねえ、と言ってしばらく黙り込んだあと、意を決したように言った。

「私はあんたが容子さんを追い詰めたんだと思ってるよ」

母のひと言が大輔の胸を抉《えぐ》った。


容子が出て行って四ヶ月が過ぎた。手伝ってくれていた母は、あと一ヶ月でどうしても自宅に戻るという。ようやく母を交えての日常生活が落ち着いてきたところなのに、ここで帰られては中学生の息子たちが不安定になりそうで怖い。かといって、帰りたいと言う母親をひきとめるのもはばかられた。

「お手伝いさんでも頼んだら？」

大輔の愚痴を聞き終わった恋人の恵利は、こともなげに言う。家事を代行してもらうと、どのくらいの費用がかかるものか、大輔にはさっぱりわからない。そもそも他人を家に入れることで、子どもたちの心理面に悪い影響があるのではないかと心配にもなる。

「ずいぶん古くさいことを言うのね。あなたにとって、容子さんはお手伝いさんみたいなものだったんじゃないの？」

恵利が不穏なことを言う。

「どういう意味だ？」

「奥さんを女として見てなかったわけでしょ。家政婦さんと一緒じゃない」

「容子は母親として妻として、きちんとやってくれていた。恵利にそんなことを言われる筋合いはないよ」

大輔は声を荒らげた。

「そうね。きちんとやっていてくれていた妻を、あなたはきちんと愛していた？」

恵利はまったくめげずに言い返してくる。どうなっているんだ、なぜこんなに恵利がムキになるのだ。

「オレはきみを家に入れるつもりはないから。妻の座を狙っているなら諦めてほしい」

恵利は高らかに笑った。

「バカ言わないでよ。私は金輪際、結婚する気はないわ。それにあなたの妻の座って、それほどのステイタスなの？」

うっと大輔は言葉に詰まる。

イヤな言い争いをしてしまった。恵利には惚れているが、そこまで家庭のことに踏み込むことはないだろうと、ついカッとした。

「そんなことはもういいよ、こっちにおいでよ」

大輔が男としての器量を見せようと、両手を広げた。だが恵利はいつものようには飛び込んでこない。彼の手からひらひら逃げて、その日は恵利と体を重ねることができなかった。それもどこか腹立たしい。

妻との再会

大輔は出て行った容子に、初めてメッセージを打った。娘の佳奈は母親と電話やメッセージのやりとりをしているようだ。「おかあさん、元気そうだよ」とは聞いていたが、駆け落ちした若い男とはいったい誰なのか。そして佳奈がそのことを知っているのかさえ問いただすのが怖かった。

「おとうさん、直接連絡してみればいいじゃない、おかあさんに」

佳奈はそう言うが、大輔にはその勇気が出なかった。「元気ならいいよ」と言うしかなかったのだ。

だが、このままにしておいていいはずもない。いいかげん、妻と直接、話すしかない。大輔はようやく腹を決めた。

〈どうしている？　元気か？〉

それしか書けない。そのまま送った。

〈元気よ〉

妻からはそれだけだ。

〈一度、会えないか〉

〈そうね。会ったほうがいいわね。あなたは元気なの？〉

〈元気なわけないだろ、きみがいないのに〉

〈そうなの？〉

行間からなぜか容子の余裕が覗く。自分の知っている容子とは別の女性とやりとりしているような気がしてくる。

〈オレはずっときみを信頼していたよ。こんなことになるまでは〉

〈それはあなたの買いかぶり。私だってただの女よ〉

〈ただの女だったら駆け落ちしてもいいのか。子どもを見捨てるような女だとは思わなかったよ〉

容子からの返事は途絶えた。

待ちくたびれて、大輔は再度打つ。

〈それはともかく、とにかく一度会いたい〉

〈責められるだけなら会いたくない〉

ここは下手に出たほうがいいようだ。

〈責めないよ。とにかく帰って来てほしいんだ〉

〈セックスもできる家政婦としてですか？〉

容子は自分がそう思われていると感じていたのか。恵利の言葉が蘇る。ここで怒ると、また容子とは連絡がとれなくなるだろう。会うことが先決だ。

〈とにかく一度、話したい。家でなくてもいい。場所を指定してくれたら出向くよ〉

容子は繁華街のホテルを指定してきた。部屋番号は当日、伝えると言う。

妻とホテルの部屋で会うなんて異常な状況だ。妻は若い男をともなって来るのだろうか。自分はその男を見たらどういう態度に出るだろうか。

大輔はそもそもまだ、容子が駆け落ちしたことが信じられずにいた。駆け落ちをしたという証拠はないのだ。ただ、そんな噂がひとり歩きしているだけだ。噂によれば二回りも年下なのではないかと言われている。そもそも五十歳にもなろうという女をそんな若い男が相手にするだろうか。美人でもスタイルがいいわけでもないのに。それに容子は冷静な人間だ。そんな大胆なことができる女ではないはずだ。

数日後の土曜日、大輔はひとりホテルへと赴いた。ロビーに着くと容子に連絡をする。部屋番号の数字だけが素っ気なく返ってきた。

エレベーターを降り、目的の部屋の前に立つと、さすがに胸が詰まりそうになる。深呼吸をし、ノックをするとすぐに扉が開いた。

容子が立っていた。その姿を見て不覚にも、大輔は涙ぐんだ。見知らぬ女性のようにも見えたし、ともに生活してきた懐かしい女性にも見え、思わず妻の腕をとって抱きしめた。容子はされるがままだが、彼女の手は大輔の背には回らない。

「とにかく、座って」

広い部屋だった。応接セットに座る。

「お茶でも飲む？」

「いや、いい。それより先に言うことはないのか」

「責めるつもりなら帰ってちょうだい」

大輔の声がきつかったのか、容子はきっぱりとそう言った。

「ごめん。そんなつもりはないんだ」

容子は冷蔵庫から水を取りだし、グラスに注いだ。ひとつを大輔の前に置く。そして自分の分は手に持ったまま、大輔と向かい合って座った。

「わかった。なんでも聞いて。答えるわ」

背筋を伸ばしたまま静かに言った。凛とした雰囲気に、大輔は言葉が出ない。

「きれいになったな」

思わずつぶやく。正直な感想だった。

「容子は今、何を考えてるの？」

「この四ヶ月、私は女として生きてきた。これからも女として生きたいと考えているわ。あなたはどう思ってる？」

「それは駆け落ちした男と一緒にいたいという意味か？」

「そうではないわ」

「うちに帰ってきてほしい」

「だから昨夜もメッセージしたでしょう。セックスもできる家政婦として帰ればいいの？」

「オレにどうしろって言うんだ」

容子は深くため息をつく。

「あなたはいつもそうやって開き直るのよ」

「子どもを捨てて出ていった母親の、何をわかれと言うんだ。あまりにも無責任だろ」

カッとして本音が出てしまった。ふたりの間の空気が張りつめていく。容子は大輔から視線をはずさない。覚悟を決めた女からは鬼気迫るものが伝わってくる。大輔がふうっとため息をつく。容子は透明な、しかし堅牢なバリアを張り巡らせているようだ。どうしたらこのバリアを溶かすことができるのか、彼にはわからなかった。

「私はあなたの言うように、家庭を守り、子どもを育ててきた。あなたがまったく家庭を顧みなくても浮気をしても、私は素知らぬ顔をして自分の役目をきちんと果たしてきたわ。でもね、もう疲れちゃったの。物わかりのいい妻でいることも、完璧な母親でいることも。疲れ果てたわ。私は私として生きていきたいのよ」

やはり容子は見知らぬ女性のようだった。だがそこに、大輔は惹きつけられるものがあった。不安と燃えるような思いが同時に去来する。どうしたらいいのか判断がつかない。

何を言えばいいのか。どうすれば妻が家に戻ってくるのか。大輔は頭を抱えて黙り込んだ。

「だからそんなことじゃ、奥さんは帰ってこないって言ったでしょ」

どこかで聞いたことのある声が響いた。大輔は振り返った。そこには恵利が立っている。隣には娘の佳奈も。

大輔は思わず立ち上がる。何がどうなっているのか理解できなかった。

「どういうことなんだ」

大輔は立ち尽くしている。容子と恵利と佳奈は真顔で表情ひとつ動かさなかった。

「容子さんは、あなたが私と浮気しているのを知って連絡してきたの」

「私は恵利さんを責めるつもりはなかった。話したかっただけ」

「そうしたらおかあさんと恵利さんが友だちになっちゃったっていうわけ」

妻が夫の浮気相手と友だちになるなんて……。そんなことがあるわけがない。そもそも容子が夫の浮気相手に連絡をすることも想像できなかった。容子はどんなときも、自分の立場をわきまえて行動する女性のはずだ。大輔の頭がこんがらがっていく。

「あなたは私を女として見ていたわよね。でも妻である容子さんに聞いたら、自分は女として見られていないって。それはあんまりだと私は思った。だから容子さんも浮気しちゃえばいいのよってけしかけた。私の男友だちでいいのがいるから、せめてデートくらいしなさいって」

「そうしたら彼とおかあさんが恋に落ちちゃって」

佳奈が笑っていた。

「おまえはおかあさんが浮気していても平気なのか」

思わず大輔は声を荒らげた。

「おとうさん、私、今、つきあっている人がいるの。人を好きになるって素敵なことじゃない？　おかあさんはおとうさんに愛されていない。少なくとも私にはそう見えた。家族としての愛情はあったかもしれないけど、おとうさんとおかあさんは男女の愛情では結ばれてない。だからおかあさんが若い彼と恋に落ちたとき、私はうれしかった。おかあさんにも誰かに愛される経験をしてほしかったの」

「ふざけるな！」

そんなことがあっていいはずがない。女たちが仕組んだ反乱に苦しめられていたなんて。

「妻が浮気してはいけないとは言えないでしょ。あなただってさんざん浮気してきたんだから。まあ、私もそのひとりだからエラそうなことは言えないけど」

恵利はそう言って肩をすくめた。「あなたは別格」と容子が夫の浮気相手と顔を見合わせて笑っている。

「彼は優しかったわ。一緒になりたいと言ってくれているの。あなた、どうする？」

容子も笑みを浮かべていた。

「どうするって……。佳奈はもう大人かもしれないが、亮と勇はどうするんだ。親として無責任が過ぎるだろ。こんなことになったからおふくろにも迷惑をかけているし」

「あなたはいつもそう。自分の気持ちをはっきり言わないのね。子どもたちは、もちろん私が引き取ります。彼は結婚したいと言うけど、私は結婚するつもりはありません。ひとりで子どもたちを育てていくわ。それから言っておきますけどね、このことはお義母さんも知ってるの」

大輔は絶句した。おふくろまでグルだったのか。自分に関わるすべての女性たちに裏切られたのだ。彼はソファに倒れ込んだ。いったい何が起こっているのか、まったく把握できない。

恵利と佳奈が目配せしあって部屋から出て行った。

「あなた、私を見て」

ソファに沈みこんだまま、目を開けると、立ったままの容子がじっと大輔を見おろしていた。その目に射貫かれたように大輔は動けなかった。

「私はずっとあなたに従って家を守ってきた。子どもたちは私の宝よ。だけど私はあなたを男として尊敬できなくなってる。尊敬どころか好意さえ持てるかどうかわからない。恵利さんはいい人よ。でも彼女もあなたを心から好きだとは言えないと言ってる。婚外恋愛の相手に本気で好きだとは言えないと言われてしまうあなたが、私は少しかわいそうだと思ってる」

容子の口調がやさしくなっていた。

「さっき、私があなたの前に水の入ったグラスを置いたとき、あなたは何も言わなかった。それは、私がそういうことをするのが当然だと思っているからよ。若い彼は、私が何かするたびに『ありがとう』と言う。それは単なる年の差なのか、彼の資質なのかはわからない。ただ、少なくとも彼は『人に何かしてもらったら、お礼を言うのは当然でしょ』って言ったわ。私は若いころからあなたに、ありがとうと言われたことはなかった。あなたはいつでも私が自分の世話をしてくれるものだと思ってる。私はそれだけの存在でしかないのよ。恵利さんが言ってたわ。そういえば、あなたからありがとうと言われた記憶がないって。欲望をストレートにぶつけてくれたのはおもしろかったけどって」

ほとんど人としてダメだということなのか。大輔は恵利に惚れていた。ところが恵利のほうは、惚れるというレベルでのつきあいではなかったようだ。

「夫婦としてやり直す？　それとも別れる？　どちらかしかないのよ」

「きみはどうしたいんだ」

「先に答えるのはあなたよ」

窓を背にして立っている容子に後光が差しているように見えた。ここで彼女と別れたら、一生後悔すると大輔は思った。見捨てないでほしい。それしか言葉が思いつかない。

「見捨てないで。容子がいないとオレ、生きていけないよ」

「私はあなたの泣き言を聞きたかったわけじゃないのよ。それに、私はあなたの母親役はもうまっぴら。お義母さんでさえ、あなたのめんどうは見たくないって言ってたわ」

容子の口調がさらに柔らかくなった。大輔は、自分が容子を見くびっていたことに初めて気づいた。容子だけではない、恵利のことも佳奈のことも、恋人だから娘だからとどこか下に見ていたのかもしれない。いつのころからだろう、そんなふうに女性を下に見ているようになったのは。自覚症状はまったくなかった。だが言われてみれば、容子は家のことさえちゃんとやってくれればいいと思っていたし、恵利は自分を刺激してくれればいいと思っていた。いつでもどんなときでも、自分を中心にしか考えていなかったのだ。

「今まで、不愉快な思いをさせてきて申し訳ない。オレは自己中心的な人間だった。もう一度、ゼロから始めさせてくれないだろうか。最初に出会った大学生時代に戻って」

素直にそう言えた。「結婚するなら容子」ではない。「生涯をともにするなら容子」だったのだ。ひとりの男と女として。人間同士として。

大輔は容子に近づき、そうっと抱きしめて唇を重ねた。胸がドキドキした。容子の手が大輔の背中に静かに回るのを感じていた。

第四章　恵　利

つきあっていた大輔が妻の容子のもとへ戻り、沢本《さわもと》恵利はほっとしていた。容子とその娘の佳奈と組んで、大輔をとっちめる結果になったが、これでよかったのではないだろうか。大輔はずる賢い人間ではない。だが、彼自身も気づかないうちに、男は女より上だと思い込んでしまっていたのだ。そんな男はたくさんいる。だが大輔がそのことに気づいてくれただけでもよかったと恵利は感じていた。

それにしても、容子と駆け落ちした若い俊幸は大丈夫だろうか。

気になった恵利は、佐伯俊幸に連絡をとってみた。彼は父親が経営する町工場の跡取りなのだが、二十代後半になってもあまり仕事に本気で取りくんでいなかった。実家近くのアパートに住み、工場に行ったりアルバイトをしたり、しょっちゅう友だちと夜遊びをしては朝帰りという状態だ。

恵利は彼がアルバイトをしているバーで知り合ったのだが、そんなふらふらしている俊幸だからこそ、容子を紹介することができたのだ。本当は〝駆け落ち相手〟として芝居をしてくれればそれでよかった。だが、なぜか俊幸は容子に本気で惚れてしまったのだ。それは計算外だった。

〈元気にしてる？　大丈夫？〉

俊幸からはすぐ返事が来た。

〈大丈夫じゃないっすよ。なんでオレがこんな目にあわないといけないの？　オレ、マジで容子さんに惚れてたのに〉

〈しかたないでしょう。彼女は夫を選び直したのよ。恋愛は、どちらかが終わりと言ったら終わりなの。追わないでね〉

〈それはわかっているけどさ、なんかオレだけ割り食ってるよね〉

〈なぜかそういうことになっちゃったのよ、ごめんね。今度、特別おいしいものをごちそうするから、許してよ〉

〈めっちゃおいしいステーキ、頼みます〉

〈わかったわよ〉

〈オヤジもおふくろもカンカンに怒っててさ〉

〈仕事してるの？〉

〈してますよ。バーも人手不足でやめられないから、毎日のようにダブルワーク。ま

っとうに生きなかったら、今度こそ勘当だって言われてる〉

ふふ、と笑って恵利はスマホを閉じた。これで俊幸も少しはまじめに働くようになるかもしれない。

さて、今度は自分のことを考えよう。まずは仕事をしてから……と、恵利は仕事部屋に籠もった。

大輔が自分を心から好きでいてくれたことを恵利は知っている。だが、それは愛情というよりは、「今まで自分の世界にはいなかった生きもの」を見るような物珍しさではなかったかとも思っている。

恵利自身は、従来の男役割を押しつけられた不自由な大輔をおもしろがっていたところがある。形としてみれば惚れ合ったふたりなのかもしれないが、実態はそんなもの。自分の欠けたものを埋めてくれる相手に恋をしたと思ってしまうのだ。大輔は自由な恵利に惚れ、恵利は不自由な大輔に興味を引かれた。それは勘違いかもしれないし、正しいのかもしれない。いずれにしても恋愛の始まりは、誤解と錯覚によるものが大きいと恵利は感じていた。つきあっていくうちに、その誤解と錯覚という化けの皮は徐々に剝がれていく。恋愛とは残酷なものなのだ。

一般的には「不倫」と呼ばれてしまう関係を続けていて、容子という正妻から連絡をもらったときは驚いた。しかも容子が怒っていないことにさらに驚かされた。会って話したいと言われ、会ってみたら大輔への見方が一致していてふたりで笑ってしまった。

「容子さん、大輔さんと一緒にいて幸せ？」

そう聞いたとき、容子は考え込んで答えることができなかった。あとから、「幸せなんていう物差しは私にはなかった。妻として母として完璧でなければいけないとしか考えてこなかった」と言った。そういう生き方は窮屈だし、寂しいでしょと恵利はつぶやいた。そこから娘の佳奈や、大輔の母親まで巻き込んでの大芝居となったのだ。

「夫がうつ状態になって休職したのは想定外だった」

容子はそう言ったものだ。もっとメンタル的に強い人だと思っていた、と。だから恵利は言ったのだ。

「世の中に芯から強い男はいないと思う。男はみんなメンタル弱いのよ」

容子はなるほど、それですべてが解決するわ、と笑った。

四ヶ月にも及ぶ大芝居が終わってみると、そばで見ていた恵利も、夫婦って不思議なものだと興味をひかれた。離れてみると、お互いのよさを再発見するのかもしれない。それなら最初から大事な存在だと覚悟して一緒になればいいのに、何かがズレていってしまうのだろうか。

恵利自身は、もはや恋愛に何も期待していなかった。いや、男に何も期待していないと言ったほうがいいだろう。期待しないから何も得られない。だからずっとふわふわしているだけなのかもしれなかった。

「でも、どんな人生でもあのころよりはマシ」

それだけは言い切れる。

結婚に疲れて

恵利は結婚していた時期を思い返す。美術大学生時代に、アルバイトをしていた美術館で二十歳年上の彫刻家の大川繁《おおかわしげる》と出会った。強烈に惹かれあい、恵利はすぐに繁の自宅に転がりこみ、卒業を待たずに結婚した。ひとときも離れていられないと思うほど燃えあがった恋だったのだ。ところが彼は気まぐれでプライドが高く、結婚するとすぐ恵利にひどい仕打ちをするようになった。

どこで知り合ったのか、深夜に酔っぱらったまま女性連れで帰宅したこともある。

「あんた、結婚してたの？」

家にいる恵利を見て、女は素っ頓狂な声を出してゲラゲラ笑い出し、ふたりは夫婦のベッドでいちゃつきだした。

「やめてー」

恵利が絶叫すると、夫はさらに女の胸を揉みしだく。女が喘《あえ》ぐと、繁は「恵利、ここに来い、見るんだ」と叫ぶ。たまらなくなった恵利が部屋を出ていこうとしたとき、夫は半裸の女を追い出して恵利にすがりついてくる。

「オレが好きなのは恵利だけだ」

床に押し倒され、拒絶しようとすると頬を張られた。自分の欲求がそのまま暴力に結びつくような男だった。その強烈さは魅力でもあったが、恵利はだんだん疲れていった。独占欲が強く、恵利が仕事から帰ってくると「男と話していただろう」と意味なく嫉妬をぶつけられたこともある。

若いときは天才ともてはやされ、業界ではそれなりに地位もあったが、夫の精神は常に狂気をはらんでいた。そうでなければああいう彫刻は作れないと言われるほど、彼の作品は大胆で、見るものを立ち止まらせずにはいなかった。

それでも恵利が妊娠したとわかったときは、夫は目を潤ませて喜んだものだった。

「オレも人並みに父親になれるんだ。恵利、ありがとう」

それなのに恵利が妊娠中は浮気三昧。お腹がふくらむにつれ、恵利は離婚を意識するようになっていった。彼には芸術家としての魅力はある。だがともに生活していくには、あまりに常軌を逸していた。子どもを穏やかな環境で育てたい。そう願うのが当然なくらい、夫との生活は、ジェットコースターに乗っているようにいつでも気持ちが揺さぶられるものだった。

しかも、彼との結婚を強行したことで恵利は実家と縁が切れてしまっていた。両親は、この結婚に大反対だったのだ。年の差がありすぎること、彼がスキャンダルにまみれた芸術家であったことが反対の理由だった。大事な娘を、「わけのわからない芸術家」と一緒にさせたくなかったのだろう。

恵利はひとりで病院へ行き、ひとりで出産した。親にも知らせなかった。置き手紙を見た夫が病院に来たのは、息子が生まれてから三日もたっていた。

「オレ、生まれ変わるよ」

寝ていないのか酔っているのかわからないが、ふらふらとした足取りで病院へやってきた夫だが、息子を抱いたとき、強い口調でそう言った。ほんの一瞬、彼の目に穏やかな光がともったように見えた。この人をもう一度だけ信じてみよう。恵利は家族三人での落ち着いた生活を夢見た。

だが、夫は変わらなかった。彼がどんなに変わろうとしても、彼の心の奥の核がそうさせなかったのかもしれない。彼は根っから「変人で狂気の芸術家」だったのだ。

仕事が行き詰まると、ふらりと飲みに出る。何日も帰ってこないこともある。どこで知り合ったのか若い男を連れて帰宅し、彼に恵利を襲わせたこともある。「オレの目の前でやってほしいんだ。頼む」と夫は彼に土下座し、彼は「僕、大川先生に逆らえないんです。すみません」と謝りながら恵利を抱いた。夫のしかけたこのできごとは、恵利に倒錯した快感を植えつけた。

夫は恵利に「感じるのか」と尋ね、恵利は夫を睨みながら「感じる」と答える。夫は若い男を押しのけて恵利に挿入しようとするが、酔っていてうまく勃《た》たない。いらだって恵利の乳房を強く握った。痛いのに、その痛みを上回る快感があった。繁はそんな恵利に気づいたのだろう。若い男に続けるように命じ、自分のベルトをはずして恵利を打った。革のベルトで打たれるたび、恵利の中の快感ボタンがどんどん明るく点灯していった。異常だと思いながらも、夫の肉体的精神的ないたぶりが、恵利を興奮させていくのだ。

だがある日、それが一時的なものだったと恵利が認識するできごとが起こる。数日間、行方がわからなかった夫がある晩、ふらっと帰宅した。そして授乳している恵利に、目をらんらんと輝かせながら迫ってきた。繁が何に欲情したのか、恵利には見当がつかない。

「いいから、そのままで」

体の前に赤ん坊を抱えながら、後ろから夫に貫かれた。江戸時代の春画のような構図である。恵利がもしそれを楽しめたなら、夫との関係も変わっていたかもしれない。だが、恵利は自分がいたぶられることに興奮できても、子どもを抱いているときは「常識人」から離れられなかった。子どもに乳を飲ませながら、肉体の悦びを得ることなどできなかった。せつなくて惨めだった。

首にかかる夫の酒臭い息に恵利は鳥肌が立つ思いだった。今だったら、あれをエロスと感じられるだろうか。そう思い返して、恵利は首を横に振る。それをきっかけに、恵利はベルトで打たれた痛みを快感に変換できなくなっていった。

初めての浮気

離婚を考えながらも、恵利は夫を見捨てることができなかった。自分自身も行き場所がない。乳飲み子を抱えて生きていけるだけの生活力はなかった。夫がすんなり離婚に応じるとも思えない。

恵利は子どもが一歳になるとすぐ保育園に預け、働き始めた。それまでに美大の先輩を頼って本格的にグラフィックデザインの仕事を始められるよう準備もすませていたのだ。自立するためにはなりふりかまっていられなかった。

自分から連絡をして両親にも再会した。親は孫を見ると、娘の伴侶がどういう人間であれ、全面的に協力すると約束してくれた。実際には、恵利は両親の本当の子ではない。小さいときから恵利はそのことを知っていた。だからこそ、親が反対する結婚をしたことに後ろめたさがあった。しかもそれが失敗だったからといって安易に頼ることもできずにいた。だが、幼い息子を抱えて、見栄も外聞もなくなった。親にすがりつくしかなかったのだ。

そんな恵利を、両親は「本当の娘」として受け入れた。このとき初めて、私たちは親子になれたのかもしれないと恵利は感じていた。保育園のお迎えに間に合わないときは、母が息子を連れ帰ってめんどうを見てくれる。恵利は心から両親に感謝していた。

そんな母がある日ぽつりと言った。

「がんばりすぎなくていいよ。戻っておいで」

母は何をきっかけにあんなことを言ったのだろう。恵利が留守をしているとき、自宅へ息子を連れてきた母は、「あんなヤツに息子は渡せない」と怒っていたから、ひょっとしたら夫が女を連れ込んでいるのを見てしまったのだろうか。

そのころ、夫はモデルだと言って公然と自宅に女を連れ込むようになっていた。確かにモデルではあるのだが、そのうち必ず夫は女といちゃつき始める。自宅の小さなアトリエではデッサンをするだけだが、女の嬌声は昼夜関係なく響き渡ることがあった。夫はいつもその様子を恵利に見せたがった。倒錯と既成倫理への反発がなければ芸術に向き合えない男だったのだろう。

息子が四歳になったころ、恵利は職場の上司と浮気をした。仕事を褒められ、一緒に食事をして気を許してしまったのだ。自宅でも職場でも、母との関係でも、常に気持ちが張りつめていたから、上司に抱きしめられた瞬間、体からすべての力が抜けた。

夫は恵利の気持ちが自分から離れていっても、自分の欲求を恵利が受け入れるのが当然だと思っていた。痛みを快感に変えることができなくなってからは、夫の行為を無表情で受け入れるだけになっていたが、それでも繁はモデルと妻が女同士でセックスすることを望んだり、知らない男を連れてきて恵利とするように命じたりした。恵利は淡々とそれを受け入れた。ときには感じている演技までしていた。夫が荒れ狂わないよう、それだけが彼女の望みだったのだ。

気持ちと身体が乖離《かいり》しているセックスをずっと続けてきた恵利は、上司とベッドをともにして涙が止まらなくなった。優しいキスがいつまでも続き、指をやわらかく使って肌をなぞられると全身があわだつような気分になる。上司がそうっと入ってきたとき、恵利の全身がしなった。そんな感覚は初めてだった。

「こんなにいいの、初めて」

恵利はつぶやいた。上司はうれしそうに「恵利はいい女だよ」と体を打ちつけてくる。男の情熱を感じたような気がして、彼女の体はさらにしなった。

その上司はそれ以降、恵利にいい仕事を回してくれるようになった。恵利はその仕事を自分のものにした。依怙贔屓《えこひいき》されているだの、あのふたりは怪しいだのと会社の中では噂が駆け巡っていたらしいが、期待以上の仕事をしている自信があったから、恵利は噂など気にもしなかった。

半年ほどたったとき、上司は「妻にバレかかっている」と情けない顔をした。

「わかった。ほとぼりが冷めるまで会うのをやめましょう」

恵利はさらりとそう言って、その上司よりさらに上の部長である川合潤《かわいじゅん》と関係をもった。川合部長は異動してきたばかりだったから、部内の情報をお知らせしたいと恵利から誘って食事に行った。そしてその夜のうちに籠絡したのだ。

直属の上司よりさらに上の人間と関係をもったほうが仕事上は有利に働くに決まっている。

「この会社でのし上がってやる。そしてこの業界で名をなしてやる」

恵利は部長の背中に手を回しながらそう思っていた。セックスと愛情がセットになるのではなく、彼女にとっては仕事とセックスがセットになっていた。

部長の川合潤とは、心も身体も相性がよかった。

その後、恵利は長男の知治《ともはる》を連れて夜逃げ同然に家を出た。離婚にあたっては潤が弁護士を紹介してくれたり、一時期はウィークリーマンションを借りてかくまってくれたりした。ようやく離婚できたのは、恵利が四十歳、知治が中学二年になるときだった。

小さいながらも自力でマンションを借りた。新しい部屋に入ったとき、知治がつぶやいた「これでようやくおかあさんも自分の人生を送れるね」という言葉に、恵利は涙ぐんだ。息子はいつのまにか母の人生を思いやれる大人になっていたのだ。

潤との関係はその後も続いた。彼女自身の実力に部長としての潤の後押しがあり、恵利は四十二歳のときにデザイン部のチーフになった。ところが前につきあっていた直属の上司が、川合部長と恵利の関係に気づき、恵利を脅してきた。

「川合との関係を会社にバラしてやる。あいつもクビだろうな」

恵利は潤には何も言わず、辞職した。男を出し抜いて、どこまでも出世してやろうと思っていたのに、そうするには恵利は潤に愛情を持ちすぎていた。

「どうしていきなりやめたんだよ」

数ヶ月後、フリーランスとして四苦八苦しながら仕事をしていた恵利のもとへ川合潤が訪ねてきた。自宅近くの喫茶店でふたりは向かい合う。

「だって私が事情を言ったら、あなたが大変な思いをするから」

「申し訳なかった」

潤は深く頭を下げた。どうやら直属の元上司は、潤と恵利の噂を流したことは認めたものの、自分が恵利と関係をもっていたことは白状していないようだ。どこまでも保身が強い男だったんだと恵利は納得する。

「これからどうする？　復職するならオレが会社にかけ合うよ」

「いいの、フリーランスでがんばってみる」

「わかった」

　喫茶店を出ると、潤はもじもじしている。私的な関係を戻そうと言うのだろうか。本当は恵利から言い出したかったが、彼女は男の出方を待つ。

「あのさ」

「なに？」

「あの……やり直さないか？　オレは恵利がいなくなってから、仕事にやる気が出なくてなあ。いかに恵利に支えられていたかよくわかった」

「私は支えてなんていないわ」

「いや、存在じたいがオレのエネルギー源だった。オレもきみのエネルギー源になれないだろうか」

　潤の言うことはかなり支離滅裂だった。ふっと恵利が笑う。

「なに？」

「だって部長、自分が支えてほしいのか支えたいのか、どちらかよくわからないから。

本音は『また、したい』じゃないの？」

潤は真顔になった。

「オレは恵利を近くに感じたいだけだ。恵利がしたくないならしなくてもいい。それでもそばにいたい」

「あら、私はしたいけど……」

今度は潤が笑い出した。

「だから好きだよ、恵利のこと。ついでに〝部長〟だけはやめてくれ。オレはもう恵利の上司ではないんだから」

地位や立場とは無関係に〝男女〟だけでつきあっていけるのがうれしかった。恵利はそのまま潤をホテルに誘った。「え、今から？」と驚いていた彼もその気になる。久しぶりに潤の愛撫を受けて、恵利の体は燃えた。もちろん、心も。

息子の友だち

そのまま恵利と潤の関係は続いている。恵利が大輔と関係をもっていた二年間は「ふたまた」だったのだ。だが恵利にはまったく罪悪感はなかった。潤と大輔は、それぞれに魅力があった。どちらか一方というわけにはいかなかったのだ。

ただ、大輔を妻の元に返して、恵利は潤との関係も考え直さなければいけないと思い始めていた。従来の男の役割に振り回されているような大輔と、恵利を尊重してくれる潤。ふたりとの関係は、恵利にいろいろなことを教えてくれた。男とは何か、女とは何か。自分自身が女の役割に縛られているところもあると知った。

いっそ潤とも別れてしまおうか。恵利はなんとなくそんなふうに思っていた。少し自分の人生を変えたい。潤が外注として回してくれている仕事も順調だが、彼は男女の縁が切れたからといって仕事を回すなと圧力をかけるタイプではない。仕事と男女の関係はあくまでも別だと割り切っているはずだ。

長い間、潤と仕事をしているが、考えてみると彼女は彼の私生活をほとんど知らない。結婚したが離婚したという噂を聞いたこともあるし、二度目の結婚をしているという話もある。彼女は彼の私生活を知ろうとはしなかった。知るつもりもなかった。

「それは私が彼を愛していないということなのだろうか」

好きならば何もかも知りたいと思うのが一般的なのだろうか。恵利は夫の独占欲や身勝手さに振り回されてきたから、自分の都合で人を振り回したくはなかった。相手が自分と一緒にいたいと思ってくれるなら、その時間だけを大事なものとして共有すればいい。すっかりそういう思考が身についている。

潤との関係はなりゆきに任せよう。男女の関係は考えたところでどうにもならないのだから。

「それにしても」

恵利は鏡を見ながらため息をついた。四十代後半になって、シミもシワも増えてきた。白髪の増殖も止めようがない。年を取るというのは、自分への不満が強まることなのだろうか。どこまで抗うか、どこから受け入れるか。そういう判断も必要になるのだろう。何もせずに老いに身を任せるだけでは、少し哀しい。家でカラーリングをしてからシャワーを浴び、クライアントとの打ち合わせに向かった。

恵利のアイデアが受け入れられて打ち合わせが終わり、ほっと一息ついて街路に面したカフェでゆっくりお茶を飲む。これが彼女にとって至福のときだ。

「あれ、沢本さんじゃないですか？」

息子のような年齢の若者が話しかけてきた。

「わ、考太《こうた》くん！」

恵利は周囲の人が驚くほどの大声を上げた。結婚していた頃住んでいた場所での知治の幼なじみである飯村《いいむら》考太だ。小学校も中学校も一緒だったが、中学の途中で恵利と知治は人知れず引っ越したので、ふたりはそれきり会うこともなかった。

「知治、どうしてます？　僕、おばさんに会いたかったんだ」

「考太くん、子どもの頃と同じ顔」

恵利は笑い出した。明るくて人気者だった小学校時代の彼を思い出したのだ。

「覚えてる？　運動会の徒競走であなたが一位になったのに、振り向いたらうちの知治が転んでいたから、あなた、また戻って一緒にゴールしてくれたのよね」

「そんなことあったっけ？」

考太はいつの間にか恵利の隣の席に座り込んでいる。

「それよりおばさん、知治、元気なの？」

「元気よ。今、大学二年になったわ」

「そうかあ、よかった。知治が急にいなくなって誰も連絡先を知らなかったから、みんな心配していたんだよ」

「あのころね、おばさんち、大変だったのよ。だんなさんとうまくいかなくてね」

「うん、あとからそんな噂が流れてた。だから行き先も告げずにいなくなったって」

「懐かしいわね。考太くんのおかあさんは？　元気？」

「うん、うちはあのまま。父さんも母さんも元気。兄貴は今、会社からお金を出してもらって留学してる」

「そうなの、よかった。おにいちゃんって子どもの頃から優秀だったわよね」

「優秀すぎて近づきにくいんだけどね」

「私もそう思ってたわ」

顔を見合わせて笑った。すっかりあの頃が戻ってきている。

「会えてうれしかった。私のところは知治とふたり暮らしだから、また遊びに来てよ。知治から連絡させるから、電話番号教えて」

「ついでにＬＩＮＥもね、おばさん」

考太にコーヒーをごちそうしながら、夫と離婚して六年の月日がたったのかと改めて思った。夫婦の形をなさなくなってからはもっと長い月日がたっている。最近、夫は新たな作品を作っているのだろうかとふと思ってから、離婚後、まったく夫のことを考えていなかったと感じた。夫婦が別れると他人より興味も関心も薄れるものなのかもしれない。


知治と考太はすぐに連絡をとりあったらしい。数日後に、知治が「おかあさん、明日、時間ある？」と言ってきた。

「明日は大丈夫よ。どうしたの？」

「考太が遊びに来たいって。おかあさんの料理が食べたいらしいよ」

そういえば考太の父親はエリートサラリーマンだったが、母はともに暮らす舅姑《きゅうこ》の事業を手伝っていて常に忙しく、考太はときどき恵利の作った食事を食べていた。夫が別の場所にあるアトリエに籠もっている期間なら自宅は平和だったので、彼を招くこともできたのだ。もっとも深夜になるといきなり夫が帰ってくることは多々あったが。

「いいなあ、こういうごはん。うちなんて近所で買ってきたものばかりだよ」

考太は手作りのハンバーグや野菜の煮物をほおばりながらよくそう言った。

「考太くんのおかあさんは一生懸命働いてるの。だからごはんが作れなくてもしょうがないのよ」

恵利はそう諭したものだった。

「考太くんは何を食べたいのかな」

「あのころみたいにハンバーグじゃない？」

知治はそう言って笑った。ふたりはすっかり昔の友だち感覚を取り戻したようだ。

「わかった。じゃあ、おいしいもの作っておくね」

「オレ、バイトが終わったらすぐ帰ってくるから」

知治の声も弾んでいた。


翌日、恵利は知治に会いに来る考太のために、せっせと料理を作っていた。ハンバーグに野菜サラダ、筑前煮、酢の物など家庭料理をとりそろえた。

約束の六時半少し前に彼は現れた。

「こんばんは。おばさん、これ、おみやげ」

ケーキの箱を下げている。

「学生なんだから、そんなことに気を遣わなくていいのに」

そう言いながら、恵利は小さいころを知っている考太の成長がうれしくもあった。

「うちの母親がよろしくって言ってた。懐かしい、会いたいって騒いでたよ」

「私も会いたいわ、由美子《ゆみこ》さんに。今度、みんなで会いましょうね」

ふと時計を見上げた。六時半をかなり回っているのに知治がまだ帰ってこない。

「ごめんね、知治、遅いわね。バイトが終わったらすぐ帰ってくるって言ってたんだけど」

と言ったところに息子からＬＩＮＥが入る。

〈遅番のバイトが来るのが遅れてて、三十分、仕事が延長になっちゃった。七時半過ぎには帰れると思う〉

「ということみたい。お茶でも飲んで待っててくれる？　ごめんね」

「僕なら大丈夫、今日は時間あるから」

「コーヒーがいい？　紅茶？」

「コーヒーがいいな。そういえば中学に入ったばかりのころ、おばさんのところで初めてインスタントじゃないコーヒーを飲んだんだよ、僕」

「そうだったの？」

コーヒーは元夫のこだわりがあり、かなりいい豆を買っていたのだと恵利は思い出した。自分も感化されて、コーヒーにはすっかり詳しくなってしまった。

キッチンで豆を挽き、ステンレス製のドリッパーにコーヒーを入れてゆっくりとお湯を注いでいく。「紙を使わないほうが臭みがなくていい」と、夫があの頃には珍しいステンレス製のドリッパーを買ってきたのだ。コーヒーがブワッとふくらんでいくのを見守るのが好きだった。そんなことを思い出し、ふと人の気配を感じて振り向くのと、考太が覆い被さってくるのが同時だった。

「何するの、考太くん」

「おばさん、僕、おばさんのことが好きなんだ。この前、おばさんに会ってから他のことが考えられなくなって……」

ぎゅっと抱きしめられ、そのまま唇が重なりそうになっていく。ダメ、ダメと顔も体もよじったが、二十歳の若い男の力は強い。まともに唇がぶつかった。彼の舌が入ってくる。ニットの下から手が入ってきて胸をまさぐる。ブラの中に指が入り、乳首に当たったとき、恵利の喉の奥からヒッという声が漏れた。

「恵利さん」

考太が顔を離したとき、恵利は思わず突き飛ばした。息子の友だちである。あわてて洋服を直すと、恵利は必死に笑顔を作った。

「もう、だめよ、考太くんったら冗談が過ぎるわ」

ここは大人の配慮を見せておかなければと恵利はすぐさま自分を立て直した。考太は一瞬、呆然としていたが、恵利が作ってくれた逃げ道を利用する。

「ごめん、おばさんを見ていたら、つい。冗談キツかったよね、ごめんなさい」

素直にリビングに戻っていく。

恵利はどぎまぎしながらコーヒーを入れた。足の間が濡れている。息子の友だちに抱きしめられて体が濡れている自分が恥ずかしかった。

考太にコーヒーを出し、自分もリビングに座ったが、なんとも居心地が悪い。下半身がまた疼《うず》き、濡れていった。考太は恵利がまさかそんなことになっているとは思っていないだろう。まともに息子の友だちを見られなかった。

「中学二年になる前の春休みに、知治とおばさんとうちのおふくろの四人で珍しくカラオケ行ったの覚えてる？」

「ああ、そんなことあったわよね」

ごく自然に昔の話を持ち出してくれたことに感謝するしかない。

「あなたのおかあさんが来るのは確かに珍しかった。あの頃、忙しそうだったものね」

「照れくさくてイヤだなと思う半面、うれしかったんだよね。でもあのときは知治とふたりで、おばさんたちにおつきあい、なんて言ってて。本当は僕、すごく楽しかったんだ」

「あのときはあなたのおかあさんと私がいちばん楽しんでた」

「でもあのすぐあとだよね、知治とおばさんがいなくなったの……」

「そうだったわねえ」

「ごめん、つらいこと思い出させちゃった？」

「そんなことないわよ」

夫とのことは決してイヤな思い出だけではない。狂気をはらんではいたが、彼の才能を間近で見ていられたのは恵利の宝物でもある。そして今になってみると、あの狂気に満ちた日々が少し懐かしくもあった。今の自分はあの当時の夫と似たような年齢ではあるが、あんな狂気のかけらも持ち合わせていない。狂気はエネルギーであり、創造の源でもある。元夫は、やはり天才的な芸術家の魂をもっていたのだろう。

「ただいまー」

大きな声を張り上げて、知治が帰ってきた。

その晩、特別ではない家庭料理に舌鼓を打った考太は、夜遅くまで知治の部屋で語りあい、そのまま眠ってしまったらしい。翌朝は、ハムエッグとトーストという簡単な朝食をとって大学へと向かった。

「おばさん、ありがとう。ごちそうさま」

元気な声で無邪気に手を振りながら去っていった考太を、恵利は母親のような目で見つめていた。

若くても男……


数日後、考太からＬＩＮＥが入った。

〈おばさん、相談したいことがあるんだけどどこかで会えない？〉

〈いいわよ〉

〈今日は無理？〉

〈十四時以降ならＯＫ〉

〈じゃあ、ばったり再会したカフェでどう？　十四時に〉

考太の「相談したいこと」とは大学での人間関係だった。明るく社交的に見えた彼だったが、知治がいなくなったあとから中学でいじめられるようになり、今も人間関係に尾を引いているのだという。

「いじめられるようなタイプじゃないと思ってたわ」

「僕、運動も勉強もそこそこできたから、それを妬むヤツがいたんだよ。いつも先生に媚びているって悪口を言われて。何がきっかけだったかわからないけど、一時期は本当にひどかった。体操着を隠されたり机の引き出しに腐った食べ物を入れられたり……。高校は私立の男子校で、まったくいじめはなかったけど、どこか引きずっちゃって」

「今も引きずっているというのは問題ね」

「それにね……」

考太が言いよどむ。恵利は促すことはせずゆっくり待った。

「僕はあの両親の本当の子じゃないんだ」

「そうなの？」

「驚かないの？」

「私くらいの年齢になると、それぐらいじゃ驚かない」

恵利はにっこりと笑った。考太がむしろ驚いたように目を見開いていた。

「どういう理由でそうなったのかはわからないけど、あなたの両親は本当にあなたを大切に育てていたわよ」

「僕、捨てられた子だってずっと重荷を背負っていた」

「でも拾われた子でもあるわよ。あのふたりは、あなたを心から愛しいと思っているもの」

「それはわかってる。でも捨てた親のことを考えてしまうんだ」

「会いたいの？」

「わからない……。そのこと、つい最近知ったんだ。もっと早く言ったほうがよかったかもしれないとオヤジもおふくろもあとから反省していたけど、実際にはなかなか言えなかったって。もう二十歳だから言わなければいけないと思ったらしい」

「あなたにとって重いことだというのはわかる。でも愛されて育ったのも事実よ。あのね、私も本当の親じゃない人たちに育てられたの」

「えっ」

「私は小さいときからそのことを知ってた。だから親が反対する人と結婚したときに、申し訳ないという気持ちが強くて自分から縁を切ったのよ。でも知治が生まれて、親とはまた縁がつながった。今では独身時代より親子関係がよくなっている。お互いを理解することができるようになった、いや、違うな。理解できなくても認めることができるようになったの。本当の親もウソの親もないの。いい親とそうじゃない親がいるだけのことだと私は思う」

「おばさん……」

考太の目が潤んだ。かわいいと恵利は心から思う。

実は恵利は、考太が本当の子ではないと、かつて母親の由美子から聞いたことがある。

「あなただから言うの。絶対に他の人に言わないだろうから」

そう言って由美子は話してくれたのだ。

「いつか知らせなくてはいけないときがくる。でも、いつどうやって伝えたらいいかわからないの。そのときが来たら、恵利さん、助けてね」

由美子はせつなそうにそう言ったのだった。それなのに約束を破って、自分は息子とふたりで地域から逃げ出してしまった。考太に再会したときから、恵利の心の中でそのことがひっかかっていた。約束を破るのは恵利の生き方に反していたからだ。いつか由美子にきちんと謝る機会があるだろうか。

「ちょっとすっきりした。おばさん、ありがとう。今日、オヤジの車を借りて来てるんだ。ドライブしようよ」

考太が明るい声で言う。恵利は何も考えずに車に乗った。


海岸線を考太は快調に飛ばした。大学の話、知治の話、そして自分の恋の話まで、おもしろおかしくしゃべり続ける。小さいころから知っている考太が大人になっているのが、恵利にはほほえましくてならない。

少し日が傾いたころ、「お腹すいた」と考太が言う。今日はとことんつきあうつもりで来たので、「じゃあ、どこかで何かおいしいものを食べよう。考太くんの好きなものでいいわよ」と恵利が答える。

彼は「うん」と車を走らせていたが、なぜか急に黙り込んだ。そして一気に車をとある駐車場に突っ込んだ。

「恵利さん、降りて」

「え？」

レストランかと思ったらモーテルの駐車場だった。

「ちょっと……」

恵利は抗議しかけたが考太が思いつめたような表情になっているのを見て、それ以上何も言えなくなった。彼は恵利の腕をつかんで、そのまま建物へと入っていく。小さなプレハブのような部屋が並んだモーテルだ。

部屋に入ると、考太は鍵をかけてそのまま恵利を抱きしめた。そして彼女を抱き上げ、柔らかくベッドに落とす。

「考太くん……あのね」

「しっ、何も言わないで」

彼は恵利の胸に顔を埋める。スカートの中に手が入ってきた。それでも恵利はこれから起こることが信じられずにいた。戸惑っていると、指が確実に下着の脇から入ってきて、敏感な芽をとらえた。うっと恵利がのけぞるところを、今度は胸元に手を差し込む。考太は巧みだった。じたばたしようにも彼の体できっちり押さえられていて動けない。いや、そもそも恵利は動く気をなくしていた。

「恵利さん、本当に僕、あなたが好きなんだ」

これからどうなるのかわからない。だが、恵利はこのかわいい息子の友だちを受け入れようとしていた。これが愛かどうかもわからないが、今は彼とひとつになりたい。恵利の体がそう言っていた。

第五章　隆　史

飯村隆史《たかし》は、リビングのソファに深く座りながら、ひっきりなしに貧乏揺すりをしていた。次男の考太が大学を辞めたいと言っていると妻の由美子から聞いたからだ。

「あなた、そんなにイライラしないで」

「これがイライラしないでいられるか。せっかく浪人して入った大学を、どうしてやめようというんだ」

「考太が帰ってきたら聞いてみてよ。朝、出がけに大学辞めたいって言って、そのまま行ってしまったから詳しいことはわからないのよ」

今日はペンディングになっていた商談がうまくいき、隆史は会社でほっとしたばかりだ。もうじき部長の椅子も待っている。そんなときにどうして、こんな話で気持ちを乱されないといけないんだ……。

そういえば、もうひとつイライラさせられることもあったのだ。半年前から密かにつきあっている部下の富永亜希子《とみながあきこ》から「一泊旅行をしたい」とせがまれているのだった。隆史は亜希子に夢中だった。結婚以来、心を持っていかれるような浮気などしたこともなかった隆史なのに、二回り年下で二十七歳の亜希子には、心身ともにめろめろになった。すでに家を出ている長男の優一が二十四歳だから、子どもといってもいいような年齢の女性に、どうしてこれほど気持ちをかき乱されるのか、隆史自身もわかっていない。

「ただいまあ」

のんびりした声が玄関から響いてきた。

「あ、おとうさん、帰ってたんだ」

リビングへ顔を出した考太は、母親の由美子に箱を差し出す。

「おかあさん、誕生日おめでとう」

隆史の顔がひくっとひきつった。

「あらあ、考太は覚えていてくれたのね」

考太は、の「は」に力が入る。夫は覚えてくれていないと言外に匂わせるのが由美子のやり方である。

「バイト代が入ったから、ケーキ、奮発したよ」

開けてみて由美子が「わあ」と声を上げる。

「あなた、見て。こんなに果物がいっぱい。おいしそう。考太、夕飯は？　まだでしょ」

「あ、今日はバイト先で食べてきた」

「じゃあ、このケーキをいただきましょう」

「手を洗ってくるね」

「おい」

洗面所へ行きかけた考太に、隆史が声をかける。

「なに？」

「おまえ、大学を辞めたいって本気か？」

「ああ、その話ね」

考太はリビングのソファに座り込む。

「オレ、学問が向いてないような気がするんだ。早く働いたほうがいいかな、と」

「大学なんて向く向かないという話でもないだろ。現実問題として就職するときに困るんじゃないか」

「まあね。今のバイト先、喫茶店なんだけどさ、働くなら正社員にしてくれるっていうんだ。いっそさっさと働き始めたほうがいいような気がして」

「一生、喫茶店で雇われ続けるのか」

「喫茶店のどこが悪いんだよ」

「悪いとは言ってない。若いうちはいいけど、ずっと喫茶店で働けるわけでもないだろう。もし経営陣に加わるようなことにでもなれば、やはり大学くらいは出ていないと……」

「経営になんて加わらなくてもかまわないよ。僕はあの店が好きなんだ。おとうさんみたいに組織で出世したいとは思っていない。おとうさんにとっては出世が大事なんだろうけど」

隆史がムッとしたような顔をし、雰囲気が険悪になる。つい最近、考太が本当の子ではないと打ち明けたが、それによって極端に親子関係が変わるという事態にはならなかった。二十年間、隆史も由美子も、実の子と思って育ててきたのだから、互いのスタンスはよくも悪くも変わりようがないのかもしれない。

打ち明けた当初、二十歳になろうとしていた考太は、事実を受け止めきれないように見えた。数日間、部屋にこもり続けたので、隆史も由美子も心配した。やはり、もっと早くから知らせておくべきだったのか、あるいはもっとあとで打ち明けるべきだったのかと、珍しく夫婦は毎晩のように顔をつきあわせて話し合った。

だが、一ヶ月もたたないうち、彼はいつもの自分を取り戻した。父親への反発の仕方も告白前と変わらない。隆史は心のどこかでほっとしながらも、一流企業に就職して今は会社から留学させてもらっている長男と違い、どこかつかみどころのない次男の行く末が少し心配になっていた。

「ねえ、とりあえずケーキを食べましょうよ。考太ももうちょっと先輩や友だちに意見を聞いたらどう？　せっかく入った大学を辞めるのはもったいないと思うわ、私は」

「それはそうだけどね」

考太は決してムキにはならない。出世しなければ男じゃないと言いたげな父親には、皮肉めいたことを言うが、母親には乱暴な口をきいたことがなかった。

由美子がケーキを切り分けた。いそいそと紅茶もいれる。

「おいしいわね」

「結婚したい人がいるんだ」

考太がケーキを食べながら、「明日天気がいいかなあ」というのと同じような口調で言った。隆史も由美子も一瞬、聞き流しそうになるほどさりげない発言だった。

間があいたあと、「なにそれ」と由美子がつぶやく。

「結婚したいんだよ。だから働こうかと」

「学生の分際で、どういうことなんだ」

隆史の口調が厳しくなった。

「だからこそ、大学を辞めて働くんだよ」

考太はあくまでも冷静だ。

「私だって、本当はあなたと結婚したいんだからね」

亜希子は昨夜、隆史の胸に頬を寄せながらそう言った。

「いや、それは……」

隆史がうろたえると、亜希子はうふふと低く笑う。

「結婚してなんて言わないわよ。ただ、そういう気持ちがあるくらい好きだってこと。そのくらいわかってくれてもいいじゃない」

亜希子は隆史の胸にキスを繰り返す。どうして亜希子がこれほど自分を愛してくれるのかわからない。隆史はそもそも、女性にそれほど愛情をぶつけられたことがなかった。妻の由美子とは、親戚の紹介で会った。見合いのようなものだ。互いに特に瑕《か》疵《し》がないと判断して結婚した。

結婚後、ごくまれに浮気はしたが、仕事がうまくいかずにむしゃくしゃしたとき、バーで顔なじみになった女性と一夜を過ごした程度だ。女に溺れたら、仕事で失敗すると思い込んで生きてきた。そもそも、女性に時間や労力を費やすほど暇ではないと隆史は常に感じていた。そうやって自分をビジネスの最前線に立たせてきたのだ。

だが、亜希子だけは隆史のそんな心のバリアをするりと抜けて入ってきた。息子しかいない隆史に、娘のかわいらしさを教えてくれ、さらに若い女の残酷さも突きつけてくる。会うたびに魅力が増すのだ、亜希子という女性は。

そんなことをふっと思っていたので、妻が「ねえ、あなた」と言ったとき、隆史は何も聞いていなかった。

「え？」

「いやだ、ちゃんと聞いてよ。結婚は大学を卒業してからでも遅くないって言ってるの」

「そ、そうだ、そりゃそうだ」

考太がちらりと隆史を見る。

「学生は学問が本分だからな」

「それはわかってるよ。おとうさんはいつもそうやって、原理原則しか言わないんだね」

「なにを！」

「怒っても始まらないわよ」

由美子が冷静にとりなした。

「相手はどういう人なの？　もう結婚しようと決めているの？　どうしてそんな急ぐ

の？」

立て続けに問われて、考太はさすがにうんざりしたような顔をする。

「そんなに尋問みたいなことしないでよ。すべてはこれからなんだから。今日明日、結婚しようというわけじゃないんだ。今のところは学業に励むから、おとうさん、安心して。ただ、明日のことは誰にもわからないでしょ。もし近い将来、結婚ということになって、そのとき急に言ったら心の準備ができないと思うんだ。だから大学を中退して結婚することも選択肢のひとつなんだよ。おとうさんとおかあさんにも、そういうことがあり得ると思っていてもらえれば……。じゃあ、おやすみなさい。おかあさん、誕生日おめでとう」

考太はさっと立ち上がってリビングを出ていった。

残されたベテラン夫婦の間に、気まずい空気が流れる。

「誕生日だったんだな……」

「いいわよ、あなたに祝ってもらったことなんて今までだってないんだから」

由美子は淡々と言いながら、ケーキを口に運んでいた。

二十歳の息子が結婚したいと急に言い出したのは、どうしてなのか。隆史はリビングにひとり残って、それればかり考えている。自分が結婚したのは二十七歳くらいだっただろうか。社会的に一人前になるには家庭をもったほうがいいという意識が、まだ一般的なころだった。

ソファに置いた携帯がぷるぷると震える。

〈隆史さーん、何してるの？　亜希子はちょっと酔ってる〉

亜希子はときどき、こうして夜、メッセージを送ってくる。

〈どこで飲んでるんだ〉

〈どこで、じゃなくて誰と、でしょー。元カレと飲んでるよ〉

隆史の胸がぐきっと痛む。

〈うっそー。家でひとりで飲んでる。さみしい〉

この切り替えの早さに、隆史は翻弄される。本当は元カレとやらと飲んでいるのではないかと疑惑が強まっていく。亜希子が他の男とふたりきりで飲み、あの笑顔を他の男に向けているると想像しただけで息苦しくなってくるのだ。

〈明日、会おう〉

〈ほんと？　うれしい〉

〈場所は明日連絡するから〉

〈了解！〉

最後はかわいい絵文字を送ってくる。隆史も絵文字を返した。絵文字の使い方を教えてくれたのも亜希子だ。

隆史の脳裏に、ベッドでの亜希子が浮かぶ。押すと跳ね返してくる白い肌、そして知り合ったころに比べて格段に感じるようになった体。どんどん新しい快感のステージをのぼっていく亜希子を、隆史は少し怖いと思いながらも眺めている。

「どうしよう、こんなに感じたら……。あなたから離れられない」

亜希子は数日前、そう言って泣いた。かわいくて、でもせつなくて、隆史まで泣きそうになったものだった。自分によって、亜希子の女っぷりが上がっていくのは、男としてのプライドが満たされた。翻弄されながらも、亜希子とつきあうようになってから仕事の成果は急上昇している。常に目標と努力の結果が結びつく。おもしろいように仕事がうまく回っていた。

大事な存在なのだ。だから亜希子につらい思いだけはさせたくない。隆史は携帯を握りしめる。その様子をドアの陰から、妻の由美子がじっと見つめていることも知らずに。


自ら指定した小料理屋で、隆史は軽くビールを飲みつつ亜希子を待っていた。ここはひとりでときどき来る店だ。仕事仲間や会社関係者とは決して足を運ばない。ひとりでほっとしたいとき、そのまま家に帰りたくないとき、ひっそりとカウンターの片隅で飲み、大将とぽつりぽつりとしゃべるために来る。

今日はカウンターではなく、小上がりの部屋だ。がらりと戸が開く音がし、「こんばんは」という亜希子の声が聞こえた。

すぐに亜希子の姿が現れる。

「遅くなってごめんなさい」

小声で言って、隆史の目を見てニコリと笑う。落ち着いた小料理屋などでは決して大きな声を出さないし、立ち居振る舞いもきちんとしている。場所と状況に応じて的確な言動をとるのが彼女のすごいところだと隆史は日頃から感じていた。だから、こうした小料理屋に連れてくる気になったのだ。

小上がりに上がってすぐに脱いだ靴を揃える。その一連の動作も、若い女性に似合わずきれいだった。

「すごくいい雰囲気ね、ここ」

「なんでも好きなものを頼んで」

亜希子のコップにビールを注ぐ。亜希子は焼きタケノコやアスパラガスなど季節が感じられるものをすぐに数品頼んだ。

「ここはあなたの隠れ家ね。私なんかを連れてきちゃっていいの？」

場所のせいか彼女の口調のせいか、亜希子がいつもよりぐっと大人びて見えた。

「それだけきみを信頼しているということだよ」

うふふと亜希子が含み笑いをする。隆史には、半年の間、密接に体を絡めてきた亜希子の心の奥がわからない。いや、もしかしたら、体にもまだまだ知らない秘密が隠されているのかもしれないが、少なくとも今のところ、体は心より密接にメッセージのやりとりをしているような気がする。

「体より心のほうがわかりづらいな」

きみはどうしてオレのことが好きなんだ、と言いたい気持ちを抑えて、隆史がぽつりと言うと、亜希子は軽く彼を睨む。その目が濡れたように見えて、隆史はドキッとする。

好きな女性の一挙手一投足に体が反応することを初めて知った。彼女は今、何をしているのだろう、本当に自分を好きなのだろうか。そう思うだけで本当に胸が痛くなる。「胸が痛む」は比喩ではないのだ。亜希子の濡れた瞳を見ると、隆史の下半身がビクリと動く。まるで無意識の意識が下半身と直結しているかのようだ。気持ちより先に体が変化した。若いころの衝動とは違う。我ながら不思議でたまらないが、それほど亜希子への気持ちが純粋なのだと思うことにしている。

亜希子は少しの酒で酔う。頬を染めて、少しだけ物わかりが悪くなる。

「ねえ、箱根でも伊豆でもいいの。一泊したいの」

声は小さいままだ。

「一泊してどうするの？」

「お風呂入って一緒に寝て、お風呂入って一緒に寝るの」

流し目を送ってくる亜希子の言葉に、隆史の下半身が熱くなっていく。そんなことができたら天国だな。心の中で思う。だがそれが会社や家庭にバレたら、どういうことになるのだろう。いや、休暇を使って行けばわからないだろう。そう簡単に誰かに見つかるわけではあるまい。しかし、悪事千里を走ると言うしな……。一瞬の間に、隆史の心が千々に乱れる。

「不倫だもんね、私たち。いいわ、旅行なんてできなくても。私はずっと陰の女でいい」

悲しそうな亜希子の表情に、隆史は慌てる。

「待てよ、そんな言い方するなって。亜希子がオレにとってどれほど大事な存在かわかってるだろう。一緒に行けるように考えてみるよ。車でなら目立たないだろうし。行こう」

「ほんと？」

亜希子の顔がパッと晴れる。この笑顔を見たいがために、隆史はつい無理を重ねてしまうのだ。この半年で、どのくらい朝帰りをしたことか。

「帰らないで」

「お願い。ひとりにしないで」

そう言うときの亜希子の顔がこの上なくかわいいのだ。目に涙を溜めて隆史をじっと見つめる。そんな目で見られたら帰れるわけがない。

「わかった。今日は泊まるよ」

隆史がそう言うと、亜希子の目から大粒の涙がぽろりとこぼれる。帰らないでと言って涙を溜め、泊まると聞いて涙をこぼす。溜めたときとこぼすときでは意味合いが違うのだなと隆史は思ったことがある。女の涙は複雑に意味を変えるのだ。そして男は、どんな涙であれ、うろたえ慌て、女の言いなりになっていく。

もともと多忙ではあるが、これまでよほどのことがない限り、朝帰りなどしたことはなかった。妻には「会社を挙げての大きなプロジェクトを抱えていて、今までになくらい多忙だ」とは伝えてある。由美子はきっと信じているはずだ。

女の体が変わるとき

いつものように食事のあとはタクシーで亜希子の部屋に一緒に行く。彼女は隆史のために、熱くて渋い日本茶を入れてくれる。これが隆史の好みにぴたりとはまっている。最初にお茶を入れてくれたとき、どうしてこれほど自分の好み通りになるのかと驚いたものだ。

「あなたはきっとこういうお茶が好きだと思ったの」

さらりと言ったが、彼女はそういう直感が鋭い。

ソファでお茶をすすりながら、亜希子が最近観た映画の話に耳を傾ける。彼女はストーリーと自分の感想をきちんと分けて話してくれるので、まるで自分が観てきたかのような気分になれる。取引先との雑談で、話題の映画などの話が出たとき、何度か観てもいない映画を観たことにし、場を盛り上げたことがある。本にしても同じことだ。彼女は売れている本には必ず目を通し、内容を伝えてきた。彼の仕事に関連が高いと判断すれば、メールでことこまかに、しかもわかりやすく報告する。亜希子は常に新しい風を運び、彼の世界を広げてくれる女性なのだ。

酔いが少し醒めてきたところで隆史が亜希子を抱き寄せた。亜希子は床に座り、ソファに座っている隆史の股間に顔を埋めてくる。そのままズボンのチャックを開けて指を忍ばせる。うっと隆史がうめく。最初はこんなことをする女性ではなかった。性に対しての亜希子の進化はすさまじかった。

隆史が体勢を入れ替え、床に亜希子を押し倒した。

「だめよ、私がするの」

彼女はまた身体を起こし、隆史の下半身に集中する。舌先がちろちろと這い回り、隆史は頭の奥が真っ白になっていく。亜希子は音を立ててしゃぶり始める。ふと上げた彼女の顔が上気している。このままでは危険だ、自分が先に終わってしまうなんて、みっともないことはできない。快感に身を委ねたいという本能をなんとか理性で抑えつけ、亜希子におおいかぶさった。

「ベッドに行くのを我慢できないよ」

隆史は手荒に亜希子を剝いていく。

「いや」

言いながら脱がされるのに協力していた。肩を動かし、腰を上げ、一枚ずつ剝かれていく亜希子の動作が美しい。一糸まとわぬ姿になり、隆史は亜希子の足を大きく広げ、輝くようなそこに見とれた。

「きれいだ」

顔を埋め、舌先で敏感な部分を突くと、亜希子は小さく悲鳴を上げる。ひとつになるのがもったいなくて、隆史は亜希子の全身を舌と指先でそうっと撫でていった。

息も絶え絶えになりながら、亜希子が小さく言う。

「早く……」

「ん？」

「早く入れて」

亜希子の体がすでにがくがくと震えている。大丈夫だろうかと心配になるほど、快感の頂上近くまでのぼってきているようだ。

亜希子の腰を支えて、ぐっと自分を押し込んだ。

ぐおっというような今まで聞いたことのない声が彼女の喉の奥から漏れる。隆史はそのまま体を引き、ほんの少し間を開けてさらにぐっと体をぶつけていく。

あとは隆史も無我夢中で体を動かす。それでも脳の片隅はほんの少し冷めていて、彼女がふだんとはまったく違う声を出しながら、全身がふわりと紅色に染まっていくのを目の端に入れる。

亜希子が片手を空に上げた。何かをつかもうとしているのだろうか。その手をぐっと握りしめた瞬間、隆史自身が彼女の体の中に飲み込まれそうになっていく。恐怖すら感じるような気持ちよさに包まれたとき、亜希子が断末魔の獣のような声を上げた。その声に我を取り戻し、さらに自らの全身全霊を彼女の身体の中に埋めていく。

オレたちは獣だ。隆史は思う。亜希子の体勢を変えて、獣同士のようにつがう。後ろからぴたりと身体を重ねて彼女を包み込み、獣らしく激しく突いた。亜希子の背中がヒョウのように波打つ。それがなんともいえず美しい。彼女は手で自分を支えることさえできず、ぐにゃりと床にうつぶせになった。それでも隆史は動きをやめない。妙な万能感に支配された。獣として、オスとして。

手早く体勢を変え、向き合って抱き合い、ゆらゆらと揺れる。亜希子の目はすでに焦点が合っていない。そのままどんどん揺らしていくと、亜希子がまたぐおっという声を発した。それは、子宮の奥からの叫び声だった。彼女の女としての性が悦楽に溺れている。それはそのまま隆史の男としての評価だと思えた。彼女の身体が後ろへ跳ねていきそうになるところを頭の下に手を入れて一緒に倒れ込む。

おうおうと声にならない声を上げながら、亜希子は最後のジャンプをしようとしている。隆史は注意深く見守りながら、奥へ奥へと彼女の体に入り込んだ。リズミカルに、そしてこの上なく強く。

亜希子の全身が硬直し、そのまま下半身だけががくがくと震え続け、隆史も力尽きた。

ふっと目を覚ますと亜希子が目を開けて隆史を見ている。

「ん？」

お互い同時に声を発して見つめ合う。自然と笑みがこぼれていく。

「体が……ヘン」

亜希子の声が枯れている。

「大丈夫？」

そっと抱き寄せたが、亜希子はだるそうに動けずにいる。

「しっかりしろ」

隆史は彼女に言ってみたが、自分自身も体の重さを持て余していた。

亜希子が何か言っているとわかっていても、聞き取ることができない。隆史はようやく体を起こした。

「亜希子は本当に素敵だよ」

彼女の額に唇を押し当てた。

「何が……どうなったのか……わからない」

亜希子は言葉を切りながら、絞り出すようにそう言った。今までにない最高地点にまで到達したのではないだろうか。あの瞬間、隆史自身も彼女に吸い込まれていくような怖く強烈な快感を覚えた。吸い込んでいく彼女のほうはどんな快感なのだろう。

「怖かった」

亜希子を見ると穏やかな笑みを浮かべている。神々しい表情だと隆史は思った。

「オレも怖かったよ、気持ちよすぎて」

亜希子と一緒にいると、過去の人生で一度も言ったことのない言葉ばかり連発することになるのだなと隆史は改めて実感していた。

女の真意

肉体が深い交わりを交わしたとき、精神もまた深く絡み合うものだと隆史は生まれて初めてしみじみと感じた。亜希子の望みや願いが、手に取るようにわかるのだ。以前なら、言葉を言葉としてしか受け止めてこなかったのに、そこに魂を感じる。彼女の言葉は彼女の実感であり、それがそのまま自分の実感ともなる。そんな感覚を知ったのが、妻である由美子ではなく、二回りも年下の亜希子だったとは。いや、彼女とだからこそ、そこまでの深さを知ることができたのかもしれないが。

どこか一泊で旅行をしよう。彼女が望んでいるのだから叶えてやりたい。だが隆史は、ゴルフもしないし遠出する趣味もない。どうしたら妻に疑われることなく、ひとりで車を使って遠出できるのか……。

「あら、実家に帰ってくるって言えば？」

亜希子はなんてことないという調子で言う。

「確かに高齢の母親が箱根の近くでひとり暮らしをしているけどさ、ウソをつきとおせるかなあ」

「こうしたら？　金曜日、あなたはちょうど実家方面に出張があるから車で出かけると言って、私とドライブがてら箱根に行く。箱根で一泊してあなたは次の日の夕方、実家に寄って帰ってくる。私は電車で帰るから。土日に出張はおかしいから、金曜と土曜を使ったほうがいいわね」

「一緒に行ったのに別々に帰るのか」

「しかたないでしょう。バレないためにはそのくらいの犠牲は払わないと」

前より強くなった亜希子を、隆史はまぶしそうに見た。

「そうだな」

「会社を一緒に休むと不審に思われるかもしれないから、私は金曜午後を半休にする？」

「うん。オレは朝からどこかに車を止めておくよ」

話がまとまった。家族を裏切るという実感はなかった。亜希子と出かけたいだけ、亜希子の笑顔を見たいだけだった。


箱根での亜希子との時間は、予想以上に隆史の心を震わせることとなった。ふたりはただひたすら時間の中に埋没し、互いの身体に埋没した。部屋についているプライベート露天風呂でもふたりはつながった。

「お風呂の中でするのっておもしろい」

隆史は亜希子を抱きながらゆらゆらと揺れる。彼女は子どものように笑った。かと思うと突然、快感に身をよじらせる。

隆史にとって長い間、女性とのセックスは無意識のうちの「支配」であり「自分を鼓舞するもの」だったと気づいた。彼女とのつながりは、そういうものとは遠いところにある。肩書きも学歴も年齢も、すべてを取り払い、自分が自分でいられる行為なのだ。名前もない素の自分が、名前もない素の女と交わる心地よさは何ものにも代えがたい。

亜希子が笑顔になると、隆史も笑う。遠い少年時代、何も考えずに野原を走り回っていたころのように。

自分の中にわずかながら残っていた純な部分を刺激してくるのが、亜希子という女だった。だから離れられないのだ。

ほとんど眠ることもなく、隆史は亜希子を抱いていた。すでに行為そのものもどうでもよくなっていた。全身をぴたりとくっつけあっていると、お互いの肌の温もりで身体も気持ちもとろけていく。

翌日はゆっくり起きて、ふたりでブランチをとった。ドライブをするはずが、車に乗ると隆史はまた亜希子を感じたくなった。国道沿いのラブホテルへ車を入れる。

「何度も感じて、もう身体がおかしくなってる」

「オレ、亜希子と離れられないんだよ。ずっとつながっていたいんだ」

亜希子に覆い被さりながら、急に涙があふれてきた。自分が何を言っているのかもわからない。子どもの頃、友だちとケンカして家に帰り、母親にしがみついて泣きじゃくったときのような気分だった。理屈ではなく、ただ泣きたかった。悲しいのかうれしいのか、あるいはどうにもやるせないのか、わからない。長いこと自分の中にため込んだ澱《おり》のようなものが一気に噴き出していると感じていた。亜希子は何も言わずに、隆史の頭をやさしく撫でた。

　自分が彼女の中に入っていくのではなく、亜希子に包み込まれていくような気がした。彼は泣きながら亜希子に抱かれていた。


　亜希子を車から降ろし、隆史は何度もミラーで彼女の姿を見ながら車を発進させた。しばらく行ったドライブインで車を止め、ようやく携帯の電源を入れる。旅行が始まったとたん、亜希子に携帯の電源を切るように言われたのだ。たしかに誰にも邪魔されたくない時間だった。

　丸一日半ぶりに電源を入れると、妻の由美子から何度も連絡が入っていた。あわてて留守電を聞く。

「あなた、どこにいるの？　考太が家を出て行ったわ」

　それを聞いて言い訳も考えず、すぐに由美子に連絡をする。

「ああ、あなた、どこにいるの」

「それはともかく、どうしたんだ、考太は」

「考太が結婚って言っていた相手ね、二回り以上も年上の女性らしいわ」

「なんだって！」

「驚かないでよ。考太の小学校のころの同級生の知治くんのおかあさんよ。恵利さんという人。覚えてない？」

恵利という名前にかすかな記憶があるが、同級生のおかあさん、という言葉に驚いて隆史は黙り込んだ。

「いったい、どういうことなんだ」

「わからないわよ、私も。聞いてびっくりして……。この間は冷静なことを言っていたのに、昨日の朝は、突然、彼女のことが好きでたまらなくて、もういても立ってもいられないって。やっぱり大学を辞めると言って出て行ったきり、昨夜は帰ってこなかったのよ」

置き手紙でもあって家出か駆け落ちでもしたのかと思ったが、どうやらそういうことではないらしい。考太が無断で外泊をしたことなどなかったから、由美子は不安でたまらないのだろう。

「大丈夫だよ、考太は何も言わずに家出するほどバカじゃない。息子を信じなさい」

出張先から近いので一応、実家の母親の様子を見てから すぐ帰ると告げて、隆史は電話を切った。

　実家に戻って玄関を開けると、中から母親の笑い声が聞こえる。

「おかあさん」

　声をかけながら上がると、リビングに考太がいた。

「あれ、おとうさん。どうしたの？」

「どうしたのじゃない、おまえこそどうしたんだ」

「たまにはおばあちゃんの顔が見たくてね」

「オレもだ」

　やはり考太が家出したというのは由美子の早とちりだ。自分の気持ちを持て余して
ぷいと家を出てしまい、ここへやってきたのだろう。元気そうな息子の顔を見て、隆
史はほっとした。元気でいてくれればいいのだ、子どもは。

「考太はね、ときどきこうやって来てくれているんだよ。本当に優しい孫だよ」

　そして母は隆史を一瞥《いちべつ》した。

「隆史まで来るとは珍しい」

「おかあさん、イヤミはやめてよ」

　母親にやりこめられている父親を見て、考太が楽しそうに笑う。

「おばあちゃんは、言いたい放題だね」

「あら考太、人間はね、言いたいことは言わないとダメよ」

母がよっこらしょと立ち上がる。また少し小さくなったような気がするが、足腰はしっかりしている。

「あ、いいよ。お茶なら自分でいれるから」

「いいよいいよ。隆史はお客さんだからね。座ってなさい」

母のお手製のいなり寿司や自慢のぬか漬け、野菜の煮付けなどをたらふく食べた。それほどお腹がすいていなくても、母の味はすいすいと身体に入っていく。

「おかあさん、いつでも東京に来てよ。もうそろそろ一緒に暮らそうよ」

隆史はいつものように言う。そして母はいつものように「いいよ、私はここが好きだから。自分のことができるうちは、東京には行きたくないよ」とニコニコしながら答えるのだ。

暗くなったころ、近所の人たちが五、六人やってきた。

「今日はみんなでカラオケ大会なんだよ、うちで。この前は私が優勝したんだよ」

母は得意げにカラオケの機械をセットし始めた。隆史と考太は顔を見合わせて、そろそろ行こうかと腰を上げる。近所の人たちにひきとめられたが、「母をよろしく」と頭を下げた。

「おみやげありがとうね、隆史も考太も。みんなでいただくから」

じゃあね、と母はひらひら手を振った。隆史と考太の背後で、近所の人たちとにぎやかに笑いあう母の声がする。母には母の暮らしがあるのだ。

自分の恋と息子の恋

隆史は妻に考太と会ったと連絡を入れる。由美子はほっとしたようだった。その息子を車に乗せ、ふたりで国道沿いのファミレスに寄った。息子の真意を尋ねたかったのだ。

席に着き、注文がすむと考太がいつになく真剣に話し出す。

「おとうさんがわかってくれようがくれまいが、どちらでもいいんだ。とにかく僕は年上の女性を好きになった。彼女は独身だから結婚できる。一緒にいたい気持ちがどんどん強くなってきていて。だから大学をやめて結婚しようと思ってる」

「彼女は仕事をしていないのか」

「してるよ。フリーランスで、けっこう信用があるデザイナーなんだ。でも彼女に生活のめんどうをみてもらうわけにはいかない」

「だったら、大学を出て就職して、そこで改めて結婚を考えてもいいんじゃないか。おまえに生活のめどがたたなければ、結婚も何もないだろう。だいたい、彼女との間できちんと結婚の話をしているのか」

考太は黙り込んだ。どうやら考太ひとりが先走っているようだ。相手の女性は考太の倍以上の人生経験があるのだ。そう簡単に結婚するとは言わないだろう。たとえ結婚するつもりでも、考太が大学を中退することを彼女がよしとしないのではないのか。隆史には、若い男の猪突猛進とも言える気持ちがわからなくはない。

熱がさめれば、事態は変わっていくかもしれない。そう感じ取ったので隆史は冷静に、「おまえの気持ちはわかるけど」と共感するそぶりも見せながら説得を続けた。

聞いているのかいないのか、ひとしきり父親に話させると、考太はパスタを食べる手を止めてしばらく黙り込んだ。

「本当の子じゃないのに学費まで出してもらっていることには、心から感謝してるんだ」

ふいにぽつりと言った。

隆史の心がささくれだった。

「そういう言い方は今後、二度としないでほしい。あのときもそう言ったじゃないか。おまえはオレたちの子だ。おまえが何か遠慮をする必要はないんだ。今まで通りでいい。それは何があっても変わらないからな」

隆史はきっぱりと言った。考太も何かがふっきれたように少し笑顔になった。

「そのこととおまえが結婚するという話はまったく別だ。オレたちはおまえに何かしてほしいなんて思ったことはない。ただ、おまえの人生を今決める必要があるかないかという問題なんだよ」

考太は黙って頷いた。

「なあ、考太。もしおまえが本当の親を知りたい、探したいと言うならオレたちは手助けするよ。ただ、オレたちは本当に知らないんだ。わけがわからないまま預かった。かわいかったんだよ、本当に。おまえを育てることができてよかったと思ってる。もっともおまえがよかったと思っているかどうかはわからないけど……」

「オレ自身も親を探したいかどうか、それについては今はわからない。もっとも……」

考太は急にいたずらっぽく笑った。

「オレを育てたことがおとうさんたちにとってよかったかどうかも、オレにはわからないけどね」

隆史も吹きだした。

「ま、親子なんてそんなもんだろ。偶然で親子になるんだよ、どこの家だって」

自分が考太の立場だったら、ルーツを知りたいと思うだろうか。彼は血のつながりをあまり重視していなかった。長男につながりを感じ、次男の考太には感じなかったかと言えば、そんなことはない。どちらも隆史や由美子に似ているところもあれば、似ていないところもある。血のつながりだけにすがる親子関係はどこか窮屈なものだ。彼はそんなふうに考えていた。

だが、生みの親を知りたいと思うのも自然なことだろうとは思う。考太がそうしたいなら、遠慮なく言ってほしいと彼は考えていた。

トイレに行こうと奥のほうの席まで行って、隆史は思わず立ち止まった。体中が固まる。喫煙席でタバコを吹かしながら男と顔を寄せているのは、亜希子ではないだろうか。なぜ亜希子がこんなところにいるんだ。駅まで送ったし、彼女は電車で帰ったのではなかったか。

隆史はあわててトイレで用をすませる。その間もやけに胸がドキドキした。あれは亜希子なのだろうか、別人だろうか。別れたとき、亜希子がどんな服を着ていたか思い出せない。そもそも女性の洋服にまで気を配る習慣がなかった。

席へ戻る途中で、もう一度、そうっと喫煙席を見た。確かに亜希子だった。亜希子は艶っぽい笑みを見せながら、同世代の男とテーブルの上で指を絡ませている。いつもの亜希子より少しはすっぱに見えるが、それがまた妙な色気になっている。我を失った隆史は、思わず亜希子のいるテーブルへと小走りに向かう。

「何やってるんだ」

亜希子は落ち着いた様子で隆史を見上げ、「あら、飯村さん」と立ち上がる。

「どうしたんですか、こんなところでお会いするなんて奇遇ですね。あ、そう言えば出張でしたっけ」

「亜希子の会社の方？」

そう言いながら若い男も立ち上がる。

「そう。飯村さん。もうじき部長さんになられるの。優秀なんだけど気さくで優しくて、女子社員から大人気なのよ。私の上司。ダンディでしょ」

「亜希子がいつもお世話になっております。田中《たなか》と言います。亜希子の婚約者です」

「こ、婚約者⁉」

隆史の声がひっくり返った。亜希子は「そろそろ行こうか」と彼を促し、「じゃあまた会社で」と隆史に丁寧にお辞儀をして去っていった。隆史は呆然とするしかない。振り向いた亜希子は、片目をチャーミングにつぶって見せた。

「なに、知り合い？」

席に戻ると考太が声をかけてきた。

「え、あ、ああ」

落ち着けと自分に言い聞かせるが、ショックのあまりまともに返事ができない。一気に水を飲み干し、考太の水まで飲んでようやく少し落ち着いた。婚約者、という言葉が頭の中でぐるぐるとリフレインしている。

「なあ考太、女っていうのはわからないものだな」

「どうしたの」

「いや、さっきの彼女、うちの会社の社員なんだけどな。彼女にはつきあっている男がいるんだ、前に相談されたから知っているんだが。でもさっき一緒にいたのは別の男だ」

「そりゃ、よりよい異性を求める女の常じゃないの？」

考太がさらりと言った。そうか、そうだよな。ふっふっふと隆史はひとりで含み笑いをする。

「なんだよ、おとうさん。気持ち悪いなあ」

そうなのだ。亜希子にとって、自分は何のメリットもなかったのだ。少しくらい性的な快感が強くたって、それは今だけのことだ。彼女は田中と名乗ったあの男とも、同じくらい、いや、それ以上の快感を得ているかもしれない。亜希子とはもう離れられないと思った自分の情熱と快感は何だったのだろうか。あの強い思いは自分だけだったのか。

煙草をくゆらせながら同世代の男と指を絡め合っている亜希子は、隆史のまったく知らない表情を見せていた。この半年以上、自分は何をしていたのだろうか。亜希子に何を求めていたのだろう。

目の前の息子は二回り年上の女性とつきあい、自分は二回り年下の女性とつきあっている。これは何かの因縁なのだろうか。隆史はそんなことまで考えていた。

「人間って何のために生きているんだろうなあ」

ふとひとりごちた。顔を上げると考太が心配そうな顔をしている。

「大丈夫？　おとうさん」

「おまえの若さが羨ましいよ」

隆史の本音だった。

「ま、若いんだから好きなように生きればいいさ。オレたちに変な遠慮はしなくていい。だけどときどき立ち止まって考えろよ。後悔しないように。いや、どう生きたって後悔はするのかもしれないけどな……」

隆史は自分に言い聞かせるように話す。それが説得力を増したのか、考太も真顔でうなずいていた。

第六章　めぐみ

吉野《よしの》めぐみは、一緒に住んでいる川合潤の浮気に気づいていた。正確に言えば、一緒に暮らし始めたときから、彼には自分のほかに誰かがいると勘づいていた。

出会ったのは勤めているスナックだった。潤が客としてやってきて顔なじみになった。初めて一緒に食事に行ったときは、こんなに明るくて楽しい人がいるのかとびっくりした。男には何度も食事に誘われたが、いつも単なる「おつきあい」でしかなかった。下心丸出しで食事をする男もいれば、自分の自慢話だけを延々続ける男もいた。いずれにしても、「お客さんとの食事」は仕事の一環でしかなかった。

ところが潤は違った。まるでめぐみを友だちのように扱った。あたりさわりのない世間話しかしなかったが、彼はとにかく明るく盛り上げてくれたのだ。一回り以上年上の潤と一緒に暮らし始めたのは三十代後半にさしかかってからだ。男に愛される幸せというものではなく、居場所を確保した安堵感のほうが大きかった。めぐみはそれほど過酷な人生を歩んできたのだ。

物心ついたときから両親のケンカのとばっちりを受けて放っておかれることが多かった。夫に殴られた母親が憂さ晴らしに彼女を叩くこともあった。

六歳のときに父親が飲んだくれたあげくに飲み屋の階段から落ちて転落死し、母親はそれを機に帰ってこなくなった。母方の遠い親戚に引き取られたが、農業を営む大家族だったため、かわいがられた記憶はない。むしろ、家事やその家の子どもたちのめんどうを見させられ、いつも怒鳴られたり殴り飛ばされたりしていた。家族中のストレスの捌《は》け口が彼女だった。学校にもろくに通わせてもらえなかった。たまに学校に行ったとしてもクラスメートは、異質なものを見るように彼女には近づかない。

休み休み中学を卒業すると、ある日、めぐみは家中の引き出しをあさってお金を盗み出し、家を出て列車に乗った。東京へ行く。いちばん大きな街へ行けば、何かが開ける。自分を殺しながら生きていくことに耐えられなくなっていた。

きらきらした東京のあちこちで年齢を偽り、男に騙されながら、酒場を転々とした。

もともと彼女には希望も夢もなかったのだ。

「その日を無事に暮らせればそれでいい」

そう思っていたから、泊まらせてくれる男がいればすぐについて行った。殴らない男であれば、それがいちばんうれしかった。

十八歳のとき、「生まれながらに天涯孤独」だと言うシローと名乗る男と知り合った。同じような境遇のふたりは固く結ばれ、めぐみはすぐに男のアパートに転がり込んだ。年上なのはわかったが彼が本当は何歳なのか、何をしているのかはまったく知らなかった。ときどきくれるお金でお米を買い、ごはんを作った。シローはめぐみの作る食事をおいしそうに食べた。

「昔、よくかあちゃんがこういうのを作ってくれたよ」

四畳半一間の部屋で、ふたりは時間を忘れて身体を重ねた。過去も未来も話さなかった。好きだの嫌いだのと言ったこともない。ただ、今、つながっていればよかった。そんな中で彼女は妊娠した。長い間、生理がなく、お腹が出てきたような気がしたが医者に行く余裕はなかった。ただ、自分の身体の中に命が育っていることは実感でき、こそばゆいようなうれしいような不思議な気持ちだった。シローはどう思うだろう。ふたりで育てていけるのだろうか。

十九歳になったばかりだった。今日こそ、シローに告げようと思いながら、言ったらふたりの関係が変わるかもしれないと怖れて言いそびれていた。そしてある日、警察がアパートに踏み込んできた。シローが人を刺して逮捕されたというのだ。そのとき初めて、彼女はシローが組織には属していないもののチンピラ稼業だったことを知った。

めぐみはそのアパートに住み続けた。シローの匂いを求め、彼のTシャツを抱きしめて部屋を転げ回った。幾晩たっても、彼は戻ってこない。裁判が進んでいるのか、どのくらいの刑期なのかも彼女には知らされなかった。お金が底をついたので、彼女はゆったりした洋服に身を包んで、また酒場の女になった。そしてある晩、アパートのトイレで子どもを産み落とした。

どうしたらいいかわからなかった。ただ、歩いて十分くらいのところにある教会が頭に浮かんだ。神様なら育ててくれるかもしれない。あそこしかないと思った。

真冬だった。夜中に置いてきたらあっという間に死んでしまうだろう。明け方、少し明るくなったころ、子どもをタオルと毛布でグルグル巻きにし、間に簡易カイロをたくさん詰めた。「お願い、誰か育てて」という走り書きをタオルや毛布の間に挟んだ。教会の扉を押したら開いた。中に子どもを押し込むように置き、死なないで、泣かないでと祈りながらその場をそうっと離れた。涙すら出なかった。

数日後、彼女はアパートを出た。子どもを置いてきたことがだんだん実感となり、その土地にはいられなくなっていた。

自分の人生には何も希望を持っていなかったが、水商売で生きる時間が長くなるにつれて、みんなが希望を持っているわけではないと知った。誰もが寂しくて誰もがつらいのだ。そんなお客の気持ちを理解するためにも知識を身につけなければいけないと思い、新聞を読み、本をたくさん読んだ。それが彼女を、どんな話もでき、人の気持ちがわかる人気ホステスに育て上げた。

大きなクラブの雇われママにならないかという話や、一流店からの引き抜きの話もあった。だが彼女は、「身の丈に合わないことはしたくない」と思っていた。中級の店のホステスとして必死に働き、必死にお金をためた。そして小さいながらもようやく自分の店をもったのだ。

「こんばんは。元気？」

スナックで知り合った潤は、めぐみが自分の店をもった初日から来てくれた。

開店してから数日間はよかったが、それ以降は客が入らない日が続いた。潤は定期的に通ってきた。ときには知り合いを連れてきてくれることもあった。客が少なくて夜も眠れなくても、人生で何もできなかった自分が最後の勝負を賭けるべき場所だと決めたので、めぐみは踏ん張り続けた。そのかいあって、潤を始め、少しずつ固定客が増えていった。

「ママの煮物が食べたくてさ」

カウンターだけの小さな店がいつも満席になったのは、昔ながらの家庭料理といつでも客の話に耳を傾けてくれる彼女の本気のもてなしがあったからだ。

もちろんその間も、めぐみは置いてきた子どもを忘れたことはない。いつかもし会えたら、いや、会えなくてもいい。子どもに恥じないようにきちんと生きていきたいと思っていた。

潤はめったに長居をしない客だった。気持ちよく飲み食いして気前よく払い、さらりと帰っていく上客だったのだ。だが、あの日は違った。遅めに来たせいもあるが、他の客がすべて帰っても潤は居座り続けた。

「珍しいわね、川合さん。何かあったの？」

「なんだかさ、生きていても何もいいことないよね」

「たまにはあるんじゃない？」

最初は軽く受け流していたが、潤の声に張りがないのがだんだん気になっていく。

「どうしたの、川合さん。いつもと違う」

「そうかな。実はさ……。ま、いいや」

「何よそれ」

「ママはさ、男に騙されたことある？」

潤のその言葉に、めぐみは笑い出した。彼が不思議そうに見つめる。

「どれだけ騙されたかしらね。もう覚えてないほどよ」

「そうか。実はさ、女房に逃げられた」

「あらま」

「いきなりいなくなってて。テーブルの上に離婚届だけが置いてあったよ。結婚前も含めると二十年だよ。二十年も一緒にいたのに何も言わないってどういうことだよ」

「今さら何も言う必要がなかったのかもしれないわね」

「どういうこと？」

潤の目が据わっていく。

「何も気づいてくれない夫に絶望したか、気づいてくれる人に巡り合ったか」

「そんな簡単に結婚生活をやめられるものかね」

「そこに希望がなければ」

「希望か……」

「私が希望なんて言うのもおかしいわね。自分でも笑っちゃうわ」

そこからめぐみと潤は急速に親しくなった。


めぐみが潤の家に行く回数が増え、いつしかふたりは一緒に暮らすようになっていた。潤が離婚届を出したのかどうか、めぐみは知らない。どちらの口からも結婚という言葉は出ない。彼女には居場所ができたような気がしていたが、一緒に暮らせば、どことなく相手に隠れた何かがあるのはわかる。

自分は明かせない過去をもつが、潤には明かせない現在があるのだろう。そうは思っても気にはなる。そもそも潤の浮気が原因で、妻は離婚を決意したのではないだろうか。めぐみはそんなふうに想像していた。

潤は相変わらずときどき店に顔を出した。ふたりの関係はほとんど誰にも知られていない。店に入ってきた潤がさっきまで誰かと睦み合っていたか仕事帰りかはすぐわかる。女の匂いを全身にまとった男を目の前にしながら商売をするのはきつかった。とはいえ、「誰かと浮気してるでしょ」と言える関係でもない。

誰かを独占したいと思ったことのない人生だった。だが、潤に関しては今までと違う感情にとらわれている。彼が他の女性とあの笑顔を分かち合っているかと思うと、体中が痛くなってくるのだ。

「この男を自分だけのものにしたい」

日に日にその気持ちが強くなっていく。それが愛情なのか執着なのか、彼女にはわからない。だが生まれて初めて湧いたこの感情に正直に従ってみたかった。

潤と暮らし始めて一年ほどたったある日、めぐみは突然、潤の行動を見張ろうと思い立った。何度か考えて実行できなかったのに、どうしても今日やらなければという思いにかられたのだ。興信所に頼むお金などないから、調べるには自分でやるしかないと思っていた。潤は会社員とはいえデザイン関係の仕事をしていて、外へ出かけての打ち合わせなども多いらしい。どうやって尾行すればいいかが問題だ。

昼前から会社のあるビルに張りついていたが、潤は見つからない。昼すぎになってようやく彼はビルから出てきた。彼は電車を乗り継ぎ、三十分ほどかけて、ある街に出向いた。どちらかというと下町っぽい町だ。駅から五分ほど歩くとおしゃれなカフェがある。彼は迷わずそこに入っていった。中で女性が手を軽く挙げたのが見える。

めぐみはマスクをつけ、ふたりがいるカフェの外のテーブルに座った。店内でのふたりは顔を寄せ合い、やけに親しげだ。テーブルに紙を広げているから仕事の打ち合わせなのだろうか。

たとえ今、仕事の打ち合わせをしていようが、あのふたりは絶対に関係があるとめぐみにはわかった。だてに長い間、さまざまな店で男女の関係を見続けてきたわけではない。どんなに隠しても、関係のある男女からは身体を重ねたことのない男女とは違う雰囲気が立ち上っている。それが私にわからないはずはないとめぐみは怒りを抑える。

数十分後、ふたりは店を出て、駅とは反対の方角へ歩いていく。その先にラブホテルがあった。ホテルに入る寸前で、ふたりの手がきちんと握られたのをめぐみは確認した。

近くのカフェで時間をつぶそうと彼女は踵を返した。ふと頬に手をやると濡れている。自分が泣いていると知ってめぐみは愕然とした。何があっても泣いたことなどなかったのに。

およそ二時間後、ホテルの出入り口が見えるところに立って彼女は潤を待っていた。ホテルから出てきたふたりはしばらく寄り添って歩いていたが、駅に近づくと自然と離れた。めぐみは迷わず女の後をつける。

彼女は駅の商業施設でパンやチーズなどを買うと電車には乗らず、駅の向こうへと歩いていく。女の足取りは軽い。そのまま二十分ほど歩き続け、彼女はマンションへと入っていった。ここに住んでいるのだろう。電車やバスを使わなかったのは、彼女が歩きたい気持ちだったからだろうか。馴染んだ男と情を交わしたあとは、妙に歩きたくなることが自分にもあったっけ。

郵便受けを確認したあと、彼女はエレベーターホールへと消えていく。めぐみは彼女が見ていた郵便受けの前に立つ。名札はないから名前はわからない。部屋番号は603だ。マンションの住所も控えた。

ちょうど帰ってきた住人が602の郵便受けを開けていたので、めぐみは「すみません」と声をかけた。「603に住んでらっしゃる……」と言いかけると、人懐こそうな高齢の女性が「ああ、沢本さん？」と名前を明かしてくれた。

「沢本さんにご用？」

「ええ、まあ」

言葉を濁すと、女性はひとりでしゃべり出した。

「沢本さんはいい方よ。私はひとり暮らしなんだけど、この年だからなにかと世話を焼いてくれてね。大学生の息子さんとふたりで住んでるの。息子さんもいい子。なんでも彼女、結婚していたときは苦労したらしいけどね」

そこまで聞いて、めぐみはマンションを飛び出した。離婚したシングルマザーか、潤の相手は。

潤はそのまま会社に戻っているはずだ。家に戻ると彼女は潤の書斎に飛び込み、年賀状などを探し出した。沢本恵利。名前はすぐわかった。すぐにネットで検索してみると、彼女はフリーランスのデザイナーだということもわかった。本人のSNSも見つかった。写真が出ている。確かにこの女だ。初日からこんなに簡単に見つかるということは、ふたりは仕事でもプライベートでもたびたび会っているのだろう。

今日は店を休みたい。めぐみは心からそう思った。こんな日にどういう顔をして店に立てばいいのかわからない。だが、そんな弱い自分を抑えつけ、彼女はいつもより急いで準備を始めた。料理の下ごしらえはしてある。いつだってつらい人生だったんだもの、このくらいのことは耐えられる。めぐみは自分に言い聞かせる。子ども時代もホステス時代も、耐えるしかないことはたくさんあった。男に金をむしり取られたり殴られたりもした。だが、今までの人生で、今がいちばんつらいかもしれない。鏡を見ると、涙のあとがくっきりと頬についている。気づかないうちに泣いているのだ。自分で自分がわからない。

それでもめぐみは、いつものように店を開け、いつものように客を迎えた。調理がほんの少し間に合わず、客を待たせながら煮込みの最後の仕上げをしたので、「いつもより味がしみてないね」と言う客もいた。

「ごめんなさいね。味が若くて。でもたまには熟女じゃなくて若い子もいいでしょ」

そんな下品な冗談で切り抜ける。


夜九時を回ったころ、ようやく客が一段落した。ここからは残業後にやってくる常連さんや近所の客が多い。

「こんばんは。三人、入れます？」

めぐみと同世代だろうか、男性ふたりと女性ひとりが覗いている。見たことのない顔だ。

「どうぞ」

三人はカウンターに座ってきょろきょろと店を見渡す。初めての客はみんなそうだ。酒とつまみの注文を聞き、めぐみは手早く出した。客が何を話しているかはほとんど聞いていない。いつの間にか、耳が必要ではない情報をうまくシャットダウンするようになっていた。

「私たち、どういう関係に見えます?」

しばらくしてから、三人客のうちの女性が聞いてくる。

「趣味のサークルのお友だち、かしら」

あたりさわりのないことを言っておく。少し酔っている女性は、「当たらずとも遠からずってところかしらね」と、左右の男性を見た。

「子どもが小学生のころのPTAの役員なんですよ」

ひとりの男性がつぶやくように言った。

「子どもたちはもう二十歳なのに、私たちはまだおつきあいがあるの」

「素敵ですねえ」

言いながら、めぐみはふっと思い出していた。自分が置き去りにしてきた子も、ちょうど二十歳だ。胃のあたりがきりきりと痛む。

三人は、「もう食事はしてきた」と言いながら、食べ物もよく注文した。中でも女性が「ここの料理、おいしいわ」と次々と平らげていく。

「どうもありがとうございました」

そう言って三人を送り出したとき、女性が振り向いて言った。

「ママ、私、麗子っていうの。ママは？」

「めぐみです」

「そう。めぐみさん、また来ていい？　今度はひとりで」

「いつでもどうぞ。お待ちしております」

めぐみは差し出された手を握った。麗子の手は芯から温かかった。ふたりの視線がからみあう。めぐみは今までに感じたことのない、強烈な「何か」を麗子に感じていた。


翌日、麗子は言葉通り、ひとりでやってきた。店が混んでいたため、ゆっくり話はできなかったが、それでも接客の合間に言葉を交わした。めぐみはサラリーマンと結婚した麗子が、ある日突然、夫の転職で町工場の社長の妻となったことを聞き、「人生って何があるかわからないわね」と思わず言った。

生々流転《せいせいるてん》はたくさん見てきた。社長として君臨してきた男が、ある日を境に失脚してそれきり行方不明になったり、必死でがんばって成り上がった男が会社の金を使い込んで逮捕されたり。権力を持った男は、よほど自制しない限り、その権力が元で転落していく。めぐみはそんなふうに思っていた。

女性の流転は少し違う。自力ではなく、そこには必ず男の影がつきまとう。男によって人生が変わる女がまだまだ多いのだろう。麗子だってサラリーマンの妻を続けていたら、それほど苦労しなくてすんだかもしれない。

「一時期はお金がなくて、子どもに給食のパンがあまったら持って帰ってきてと頼んだこともあるの。あれはみじめだったわ」

麗子はさらりとそんなことも言っていた。表情には陰ひとつない。生きることに必死で、ずるいことをしてこなかった証だろう。彼女が立ち上がって帰るとき、めぐみは入り口まで見送った。

「ありがとう。また来るわ。今日のきんぴら、おいしかった。今度レシピを教えてもらえないかしら」

「お時間があったらランチでもしません？」

気づくと麗子を誘っていた。麗子はパッと顔を輝かせた。

「うれしい。私、もっとママと話したかったのよ」

「私も」

そんな会話から何度かランチをした。お互いに身の上話をし、自分の気持ちを吐露し合った。とはいえ、めぐみが話せるのは子どものころのことと水商売での話だけだ。子どものことはもちろん、男たちに殴られたり騙されたりした話はできなかった。苦労したとはいえ、ごく普通の家庭を営んでいる麗子には、おそらく刺激が強すぎると踏んだからだ。

あるときランチのあとに店でコーヒーを飲まないかと誘ったのは、めぐみの気まぐれだった。コーヒー好きのめぐみのために、お客さんが持ってきてくれたとっておきの豆があった。同居している潤は、あまりコーヒーを飲まない。麗子がコーヒー好きだと聞いて思わず一緒に飲みたいと思ったのだ。

コーヒーを飲んだあと、麗子はカウンターの裏の小部屋を見たがった。そこは物置として使っているが、めぐみがほっとくつろぐ場所でもある。あまりに疲れたときは、そこで仮眠をとってから帰宅することもあった。

小部屋をのぞき込んだ麗子の後ろ姿を見たとき、めぐみの中で止められない衝動が起こった。後ろからそっと抱きしめ、その髪の中に顔を埋めた。うなじに唇を這わせたとき、麗子の喉がごくりと鳴った。顔をこちらに向かせ、唇に自分の唇を押し当てる。柔らかくなめらかな唇だった。麗子が口を開き、舌をからめてきた。めぐみの頭がカッと熱くなっていく。そのまま押したおし、胸を開いた。たわわな乳房に顔を埋め、突起を舌で弄ぶと麗子の身体がしなった。

もう後戻りはできない。めぐみは麗子の体中に唇を押し当てた。彼女のことが愛しくて、この柔らかい肌に自分の痕跡をつけたくてたまらなくなっていった。

「恥ずかしい。私、あなたよりずっとおばあさんよ」

「何言ってるの、こんなにきれいじゃない」

「肌もきたなくなったし、白髪だらけだし」

ここで麗子を現実に戻してはならない。

「あなたが生きてきた証でしょ」

めぐみは麗子のスカートをめくりあげ、下着とストッキングを一気に下ろした。

「やめて、お願い」

困惑した麗子は自分の顔を手で覆う。めぐみはその手をはずした。ふたりの視線が絡み合う。下半身に手を伸ばした。そこは乾いていたが、めぐみは動じない。麗子から視線をはずさず、優しく胸を揉みながら顔を乾いたところへもっていく。そうっと舌でなぞっていくと、乾いていた場所が潤っていく。泉のように何かがわいてくるのだ。めぐみは舌を奥へと入れた。わき起こる水に押し返されそうになる。

「素敵よ、麗子さん。こんなにお湯がわいてきた」

とろりとろりと出てくる泉に、麗子の指を誘った。

「こんなこと……」

麗子は戸惑っている。めぐみは、その指をよけると、唇を寄せ、音を立てて吸った。そして指を二本、中に入れた。最初はそうっと、そしてだんだんリズミカルに出し入れしていく。泉の手前の道筋に小さな丘のような盛り上がりがあったので、撫で上げるように触れてみる。

　キィイッという音が麗子の喉から漏れた。どうやら秘めたポイントに当たったようだ。めぐみはさらに指の腹でそこを撫でる。じゅわっと音を立てて泉があふれでた。めぐみは指の動きを止めず、上体を麗子にかぶせた。また視線が絡み合う。

「なあに、これ、どうなるの」

　麗子が絶え絶えに呟いている。

「気持ちいい？」

　声にならない声で、麗子はうなずいている。目の焦点が合っていない。もうすぐ彼女はもっと大きな山の絶頂にたどりつけるはずだ。麗子は丘をこするようにしながら指をさらに奥へと進め、出したり入れたりを繰り返した。

「怖い」

　そう叫んだ麗子が身体を強ばらせて反り返った。そのままがくがくと身体を痙攣させる。それがおさまりかけたとき、めぐみは再度、指を出し入れした。今度は入り口の突起も一緒に刺激した。

「ああ、また」

　麗子が叫び、さっきよりさらに身体がしなっていった。

「めぐみさん、私、ものすごく混乱してる」

うとうとしているとばかり思っていた麗子が急にそう言ったので、めぐみは横に寝ている彼女の顔を見つめた。濡れた瞳が美しい。

「正直言うとね、私も混乱してるの」

「私、女性とこういうことをしたのは初めてなのよ」

「私は初めてではないけど、女性を心から愛おしいと思って襲いたくなったのは初めて」

「そうなの？　めぐみさんは同性が好きなのかと思った」

「今は男性と一緒に暮らしているけど、私自身は誰をも好きにならないと思ってた」

「めぐみさんは独立している感じがする。誰にも頼らずひとりですっくと立っている感じ」

「そうじゃないの。本当は弱い。いつでも誰かにすがりたくて、でもそれは絶対に叶わないとわかっているから最初からあきらめてる。そんな人生だったの」

麗子は何も言わず、めぐみの頭を撫でた。頭を撫でられたことなどめぐみの子どもの頃の記憶にはない。つい目頭が熱くなった。麗子にすがりつくように抱きつき、顔を背けて涙を拭う。

「人と触れあうことがこんなに気持ちがいいなんて知らなかった」

「だって麗子さんには長年連れ添ったパートナーがいるでしょう」

「うちなんてあれよ。今流行りのセックスレス。夫とのセックスがいいなんて思ったこともなかったし」

「ふうん」

　めぐみは十代のころからセックスを武器に生きてきた。生きていく術として利用してきたのだ。二十歳のころに子どもを産み、捨て去ってからは、ますます性が武器になった。心は許していないのに身体が快楽を覚えたとき、めぐみには「これは罰だ」と思えてならなかった。精神的には感じるはずのない環境で男に抱かれても、身体は勝手に悦んでいる。そんな自分が許せなかった。心はいつも身体に裏切られる。

　ただ、三十歳のころ、同じスナックに勤めていた女性とルームシェアをしていて、互いに寂しくて抱き合ったことがある。ふたりとも人肌を求めていたのだ。哀しかったが温かかった。ふたりはそれぞれに快楽を与え合ったからこそ、なんとか生き抜くことができたのだ。あのときは心も身体もぎりぎりのところで満たされた思いがあった。

　潤と抱き合ったときも、男女のセックスというよりは同性間に近い感覚があった。それは潤の技術や心のありようとは関係なく、めぐみの側の問題だったのかもしれない。めぐみが彼を男として強烈に意識したわけではなく、環境は違うのに心のどこかで通底しているような気がしたからではないか。めぐみは麗子と交わってみて、そんなふうに感じていた。

「ねえ、こういうことをまたしたいと言ったら、あなたはどう思う？」

「私は麗子さんが好きよ。麗子さんが感じているときの顔が好き。もっと気持ちよくさせてあげたいと思う」

「私も次はめぐみさんを感じさせたい」

ふたりは見つめ合って微笑んだ。

「これも世間では不倫になるのかしらね」

麗子が急にそう言ったので、ふたりは声を上げて笑った。確かにこれも不倫という枠でくくられる関係なのだろう。


「夫にばらしちゃった」

麗子が急にそう言いだしたのは、関係ができて数ヶ月たったころだろうか。めぐみはドキッとしたが、麗子の顔があまりに晴れやかなので、その告白はむしろ夫婦にいい影響があったのだとすぐにわかった。

「夫があんなにリベラルな人だと思わなかった。今はすっかり仲がいいのよ」

「よかった」

そう言いながら、めぐみは心の隅に一抹の寂しさを感じる。潤も麗子も、やはり「めぐみがいちばん」ではないのだ。人にいちばん大切な人間だと思ってもらったことがないめぐみは、自分の心の穴の埋め方がわからない。逆に、自分にとっていちばん大事な人は誰なのだろう。そう考えたとき、タオルと毛布でグルグル巻きにした小さな息子の姿が浮かんできた。忘れたはずなのに、このところその映像が毎日のように頭に蘇ってくる。

そんなある日、麗子が行ってみたいバーがあると言い出した。

「うちからそんなに遠くはないの。実は夫がときどき行っているみたいなんだけど、こっそり偵察に行ってみようかと思って」

「彼には彼の秘密の時間があるんじゃないの？」

「ただ飲みに行っているだけだと思う。渋くていい店みたいだから覗いてみたいのよ。佐伯の妻だなんて言わないわよ。工場を継ぐと言いながらなかなかまともに働かない息子が、どうやらそのバーのマスターの紹介で、別のバーでアルバイトしているらしいの。夫と息子の内緒話を小耳にはさんだんだけどね」

「わかった。行ってみるだけね。よけいなことは言わない、と」

「もちろん。悪いけど、お店がお休みの日につきあってもらえない？」

「いいわよ」

店の近くで麗子と待ち合わせ、軽く食事をしてからバーに向かった。

控えめな、だが木でできた小さな看板に『止まり木』と書いてある。店主のセンスのよさを感じる。

「いらっしゃい」

大きくも小さくもなく、高くも低くもない声にほっとして、カウンターの止まり木に止まった。めぐみは麗子に並んで座ると、ふっと目の前のマスターを見る。彼もめぐみを見た。ふたりとも声が出ない。

「いらっしゃいませ。何にしましょう」

マスターがめぐみから慌てて目をはずし、麗子に言った。

「私、水割りで。めぐみさんは？」

「私も……」

そこからは麗子に話しかけられても完全に上の空だった。こんな場所で、あの「シロー」に会うとはまったく想像もしていなかった。めぐみがずっと気にかけている息子の父親である。彼に篠原剛志という名前があることをめぐみは知らない。家に踏み込んできた警察官が、名前を言っていたかもしれないが、彼女はあのとき部屋の隅で震えているだけだった。彼女も警察に連れていかれたが、結局、何も知らないのですぐに帰された。

あのときぷつりと切れた糸が、どういう巡り合わせなのかここでつながった。だがあまりに予想外だったので、めぐみは気持ちを立て直すことができない。

「麗子さん、ごめん。私、ちょっと急に気分が悪くなってきて。今日は帰ってもいいかしら」

「大丈夫？　送っていくわよ」

「いい。ひとりで帰れるから。じゃ、また」

めぐみは、篠原がテーブル席のほうへ行っている間に止まり木から飛び降りて外へ出た。

走って逃げようとしたものの、身体が動かない。

「めぐみ！」

追ってきた篠原に肩をつかまれた。

「いつか会えると信じてた。絶対にめぐみとはつながっていると信じていたんだ」

彼女は彼の手を振り払って走り出した。

帰宅してからもめぐみの息は荒いままだ。白髪が多くなっていたが、篠原は変わっていなかった。若いときよりさすがに穏やかな表情とはいえ、今もあのころと同じ孤独な風を纏《まと》っていた。肩に置かれた彼の手の感触がめぐみを苦しめる。

彼に会えば嫌でも置いてきた子を思い出す。だがそれを彼は知らない。彼女は二重に罪を犯したような気持ちになった。

翌日、麗子からメッセージが来た。

〈昨日は大丈夫だった？〉

〈ありがとう。大丈夫。すっかり元気になった。ごめんね〉

〈マスターがね、また来てくださいって〉

〈わかった〉

短いやりとりをしてから、めぐみは考え込んだ。麗子や麗子の夫があの店とつながっている限り、自分が逃げ続けるわけにはいかないかもしれない。息子のことはともかく、篠原とは一度ゆっくり会っておいたほうがいいのではないだろうか。そう考えて、めぐみは認めた。自分が篠原に会いたいと思っていることを。

篠原のバーの電話番号を調べて電話をかけた。昼過ぎなのに篠原はいて、すぐに電話に出た。

「めぐみか」

「かかってくると思ってた？」

「思ってた。だから昨夜は店に泊まったんだ」

「そうだったの」

「会える？」

「今さら会うことに意味がある？　わからないの」

「とりあえず会おう。それからどうすればいいか決めればいい」

「……」

「会いたいんだ」

「私も」

あのころの彼との生活が蘇ってくる。四畳半一間のアパート、肌のぬくもり、どんなに交わっても足りなかった欲望と寂しさ。ふたりとも孤独を埋めたくて、ただそれだけのためにお互いを欲していたのかもしれない。篠原の境遇は知らなかったが、十五歳で家出せざるを得なかった自分と、それほど大差はないだろう。相手に自分を見たのだ。だから必死につながろうとしたのだ。

篠原はいくつだったのだろう。昨夜の雰囲気だと還暦も間近だろうか。あの頃は、それほど年が離れているとは思わなかった。

会ってどうなるのかわからない。だが会わずにはいられない。考える時間をもたないよう、「今すぐ行くわ」とめぐみは言った。

電車を乗り換えて三十分後、めぐみはバー『止まり木』の前に立っていた。ひねりもなにもないこの店名に、彼らしさを感じて胸が痛む。

ドアを開けようとしたとき、逆に中から開いた。篠原が立っている。彼はめぐみの腕を取って中へ入れるとドアを閉めて鍵をかけた。

「めぐみ」

抱きしめられて、めぐみは意識が遠のきそうになった。一気に二十年前に連れていかれる恐怖と心地よさを覚える。

篠原は渋い日本茶をいれ、めぐみと並んでカウンターに座る。

「おいしいおまんじゅうでも買ってくればよかったわね」

孤高の雰囲気をもつ彼だが、その見かけによらず、お茶と和菓子が好きだったと思い出す。

「とにかく……すまなかった。生きているうちにめぐみに会って謝りたかった」

「謝るなんて、そんな」

「急に外で逮捕されただろう。あれきり会えなくなるなんて思ってもいなかった」

「私も若かったから、どうしたらいいかわからなくて」

「五年間、刑務所にいたんだよ。弁護士さんにあのアパートに行ってもらったこともある。だけどめぐみはもういなかった」

「しばらく住んでいたのよ、あなたがいつ戻ってくるかと思いながら。でも家賃も払えなくなっちゃって」

「かわいそうなことをした」

「あなたがどういう罪を犯したのかさえ、誰も私に教えてくれなかった。新聞で見たのよ」

「昔、ちょっと世話になった組の人に裏切られたんだよ。それで頭に来て、その人を刺してしまった。彼は命に別状はなかった。オレも殺すつもりなどなかった。ちゃんと罪はつぐなったよ。バカなことばかりしていたな、若いころは」

「どうやって生きればいいかわからなかったのよ。あなたも私も。誰も手本を見せてくれなかった」

「うん、オレもそうだった。同じような境遇で育ったんだろうなと思ってたよ」

　やはり子どものことは篠原には言えなかった。

「でもシローはすごいわね、自分の店をもつなんて」

「出てきてすぐ、世話になった人にあるバーを紹介してもらったんだ。マスターがいい人でね。弟子のように仕事を覚えさせてもらって三年たったところで、いきなり独立しろって言われた。この店が居抜きで売り出されていて、マスターが借金してオレにやれと言ってくれて。それから十数年になるかな。少しずつ借金を返して、今はオレのものになった」

「いい人に出会えてよかった。シローの人徳ね」

篠原はテーブルに頭をこすりつけるようにして謝った。シローという名は当時の通り名だった、と。

「シローはシローじゃなかったのね」

めぐみは弱々しい声でつぶやいた。

「あのころは誰にも本名を知らせていなかったんだ。本名も言えないなんてろくでもない人生だよね」

「私も似たようなものよ」

「めぐみは？　あれからも苦労したか」

「いろいろあったけど、今は自分の店をもっているのよ。小料理屋。ここより小さい店だけど」

「そうか……。よかった」

最後の「よかった」に、篠原の万感の思いが籠もっていた。あのころのお互いには微妙に触れないでいるのは、ふたりとも当時の自分を思い出すのが怖いからだ。決して今がいいというわけではない。だが、あの頃のむき出しの感情に触れるのが怖かった。

「結婚してる？」

「してない」

「私も結婚はしていない」

「意味深ないい方だな」

「同居している人がいるのよ。渾沌《こんとん》としたところから私を救い出してくれた人かもしれない。いや、別の渾沌に移してくれただけかも」

　ふふ、と篠原が低く笑った。

「そういうところから抜け出せないのかな、オレたち」

「あなたは立派に成功しているわよ」

「だけどずっとひとりだよ。ときどき寂しくて眩暈《めまい》がすることがある」

「わかる。ふたりで暮らしていても、寂しすぎて倒れそうになるわ」

　ふたりの視線が合い、複雑に絡み合った。今もあの頃、互いを求めていた気持ちが残っていることを確認する。だが、やはり怖くてそのことには触れられない。

「オレ、何もしてやれなかった」

　篠原の顔に苦渋の皺《しわ》が浮かぶ。こめかみがぴくぴくと動いていた。若いころから彼は緊張すると必要以上にこめかみが動いたとめぐみは思い出す。

　あなたはこの世にひとつ命を残したのよ。めぐみはそう言いたかった。だが彼女もまた怖くて口を開けない。

めぐみは止まり木からぴょんと下りた。

「会えてよかった。帰るわ」

篠原のこめかみがさらに大きく動いた。

「そうか」

息を大きく吐き、彼はさらに何か言おうとした。だがその言葉は飲み込まれてしまったようだ。

めぐみは彼の手をとった。ごつごつした大きな手。この手が自分をどうやって愛したか、彼女の身体は覚えている。篠原も止まり木から下り、めぐみを抱きしめた。彼女はすっぽりと彼の匂いに包まれる。懐かしい。だがその懐かしさは痛みと苦しみに満ちている。

めぐみは彼から逃げるように店から走り出た。自分の鼓動が大きく聞こえる。心臓が口から飛び出しそうというのはこういうことだ。彼女はしばらく走り続けた。

何かが動き出す

「ママ、ビール来てないよ」

カウンターの端にいるお客から声がかかった。めぐみははっとして「ごめんなさい、今すぐ」と返事をする。

「今日はおかしいな、ママ。ぼんやりしてない？」

客の軽口に苦笑するしかない。

篠原への思いを頭の中の引き出しに入れ、鍵をかけて封印した。あとで考えようとめぐみは自分に言い聞かせる。

客を全部送り出して片づけていると潤がやって来た。

「一緒に帰ろう」

「一杯飲んでいく？」

「ううん、いい。うちで飲もう」

潤は率先して店を片づけてくれた。いつになく態度がやさしい。

「どうしたの？　何かあった？」

思わずそう言うと潤は洗い物をしながらじっとめぐみを見た。

「いや。めぐみこそ、今日はいつにも増してきれいだな」

めぐみは思わず頬が熱くなるのを感じていた。引き出しにしまったはずの篠原への思いがあふれ出ているのだろうか。

「めぐみ」

「うん？」

「ずっと一緒にいてくれる？」

潤がこんなことを言うなんて、どうしたのだろう。めぐみは不安になった。

「もちろんよ。ずっと一緒にいてほしかったら、さっさとお皿を洗ってちょうだい」

めぐみは笑いながら言った。何年も一緒にいて、ようやく潤との間が少し縮まったような気がしていた。


麗子、篠原、そしてともに暮らす潤。三人に対して、めぐみはそれぞれに複雑な感情を抱いていた。潤への気持ちが満たされなくて、麗子とあんな関係になったのだろうか。再会した篠原とはどういう距離を保てばいいのだろう。そして少し心が寄りそうようになっている潤とはこれからどうなるのだろう。

結局、自分が何を欲しているのかわからない。子どものころから欲求が見えなかった。欲求を抱くより先に他人に翻弄される人生だったからかもしれない。

「私、どうしたらいいのかしらね」

篠原の店で止まり木に止まって、足をぶらぶらさせながらめぐみはつぶやくように言う。

「めぐみがどうしたいかを考えたほうがいい」

「自分がどうしたいかなんて、考えたことがないのよ。だからわからない」

篠原には子どものこと以外はすべて話していた。とある女性とひょんなことから関係を持ってしまったことも。

「めぐみにとって、その女性は恋愛相手ではなくて母親なのかもしれないな。心を許して甘えられる存在なんじゃないの？」

「これが本当の恋愛かもしれないなんて思ったんだけどね」

「めぐみもオレも、人にどうやって甘えたらいいかわからないんだよな。オレは出所してから人の温かさに触れてきた。ありがたいとは思うけど、甘えてはいけないと思ってる。それで結局、距離のとり方がわからなくなる」

「私もまったく同じよ」

麗子はときどき、「会いたい」とメッセージを寄越す。あれから何度かふたりで店の小部屋に籠もったが、いつしかめぐみは女性との関係に飽きていた。飽きたというと言葉が悪い。これがいい関係だとは思えなくなったのだ。めぐみの居場所は麗子ではなかった。

篠原が言うように恋愛ではなかったのだろう。だが麗子のほうは、めぐみとのセックスに夢中だった。互いに快感を与えたいと言いながら、麗子はひたすら快感を与えられることを望んだ。めぐみはバイブレーターをいくつか買って使っている。麗子の快感はとどまるところを知らなかった。それがめぐみには少し負担になってきていた。

だがめぐみは約束した通り、麗子が篠原の店の常連である佐伯哲雄の妻だとは言わなかった。いっそ言ってしまえば麗子との関係が切れるかもしれないが、自分が始めた関係だから自分で終わらせなければいけないと感じていた。

「オレたち、もう無理かな。もう一度……」

「いつか」

「え？」

「いつかもう一度やり直したい。その気持ちは強くあるわ。でも今は無理なの。私は責任をとらなくてはいけない関係がたくさんできてしまった」

「わかった。オレはずっとめぐみを待っているよ。今までだって待ってきたんだから」

篠原のやさしさが身にしみた。やはり自分はこの人をいちばん愛していた。まだ大人になりきらない時期にともに暮らした男を、自分の身体は懐かしんでいる。だが、もう一度、心身ともに交わるのは今ではない。そんな気がしていた。


めぐみは麗子からの誘いを断るようになった。もう少しすっきりと生きたい。篠原と再会してからそんな思いが強まっていったのだ。潤と心が近づいたせいもある。何かを信じて生きるために、周りをすっきりさせたい。それは本能的な感覚だった。

〈最近、どうして会ってくれないの？〉

麗子は毎日のようにそんなメッセージを寄越す。

〈ごめんなさい。忙しいの〉

〈私のことが嫌いになったの？〉

〈そういうことではないの。いろいろ考えなくてはいけない時期なのよ〉

〈私はめぐみさんのことが本気で好きだったのに〉

少しうっとうしくなって放っておくと、麗子は深夜に店にやってくるようになった。すでに酔った状態である。

「これ以上、飲まないほうがいいわ」

「飲ませてよ。私は客よ」

「わかってるけど身体によくないわ」

「なによ、あんたなんか……」

麗子はカウンターでくだを巻き、やがて泣き出す。深夜で客が少なければまだいいが、日がたつにつれ、かき入れ時の時間帯にもやってくるようになった。

「ママ、どうにかしたほうがいいよ、この人」

常連客にも迷惑がかかる。

〈麗子さん、私、あなたとはもうつきあえない。友だちに戻りましょう〉

ある日、めぐみは意を決して麗子にメッセージを送った。

〈いやよ。あなたがレズビアンだってみんなにバラすわ〉

〈どうぞご勝手に〉

〈お願い。捨てないで。あなたに嫌われたら私、死ぬわ〉

いつの間にか麗子は病んでいると、めぐみは感じた。あんなに素敵な女性だったのに、夫にバレてかえって夫婦仲がよくなったと言っていたのに、どうしてしまったのだろう。

〈あなたはそんなに卑怯な女性ではないはずよ〉

〈私、あなたがいないと生きていけないの〉

〈いい大人がそんな子供じみたことを言わないで。いい友だちになれるはずよ、私たち〉

返事は来なかった。そしてその夜、真っ白な顔をして深夜にやってきた麗子は、手に刃物を携えていた。気づいたのは、たまたま来ていた潤だ。

「めぐみ、危ない。逃げろ」

麗子が入ってくるなり潤はそう叫んだ。幸いなことに他に客はいない。めぐみは麗子と対峙した。

「麗子さん、包丁を捨てなさい」

「いやよ、どうしてあなたは私を避けるの？」

「避けているわけじゃないわ」

「避けてるわよ。あなたを殺して私も死ぬの」

めぐみは覚悟を決めた。突進してくる麗子の腕を思い切って上から叩いた。だがその瞬間、麗子が刃を上に向けたので、すぱっとめぐみの腕が切れるのと包丁が落ちるのが同時だった。しまった、もうちょっと早く叩いておけば。そう思ったときは遅かった。

「救急車」

潤が叫んだが、「大丈夫」とめぐみは答えた。傷はそれほど深くはない。

「警察は？」

めぐみは手ぬぐいで傷口を押さえて潤に合図して結んでもらいながら、警察もいらないと低い声で言った。

「麗子さん、立って」

麗子はふらふらと立ち上がったが、そのまま倒れてしまう。

「彼女に救急車が必要みたいね」

潤は救急車を呼んだ。

「私は大丈夫だから、麗子さんについていってくれる？　私がついていったらこっちの傷を疑われるから」

「大丈夫なのか」

「私は大丈夫。止血すればとまるわ、このくらい」

若いころ、スナックで男に刺されたことがある。そのときでさえ店に迷惑をかけたくなくて病院には行かなかった。あのときより傷は浅い。男に刺されたのはまだ名誉としてあとで語りぐさになったものだが、女に刺されるのはかっこわるいわとめぐみは苦笑した。

第七章　潤

最近、恵利の態度がおかしい。前はいつでも時間の都合をつけてくれたのに、「忙しくてその日は会えない」ということがある。一緒にいても、以前のように気持ちがぴたりと寄り添っている気がしない。

かといって「何かあったのか」「気持ちが変わったのか」と直接踏み込んでみる気にはなれなかった。社交的で誰とでもすぐに仲良くなれて、それでいて一本気なところもあると潤は周りに思われていることを知っている。だが、それは潤が必死で作り上げてきた仮面だった。本性は違う。根は暗いしクヨクヨしてばかりいる。そんな素を知っているのは、一緒に暮らしているめぐみだけかもしれない。

数年前、めぐみの勤めているスナックにときどき行くようになった。店が休みのときに夕食を一緒にとったことがある。めぐみはころころとよく笑っていたっけ。潤もわざわざ明るくておもしろい中年男を演じていた。お互いに演じるのに必死だったのかもしれない。

その後、めぐみが小さな店を持ったと本人から連絡があった。開店初日にふらっと寄ってみたら、めぐみはとても喜んでくれた。カウンターで見ていると、精一杯明るくふるまい、気を遣っているが、潤はやはり自分と同じ種類の人間だと確固たる思いを抱いた。潤自身、理想の上司、理想の会社員を装ってはいるが、実は人づきあいも、自分の心を開くことも苦手だった。社会で揉まれてなんとか身につけてきた術があるだけで、根っこは人を怖れている。めぐみも同じだ。だからあえて彼女の過去を聞いたことはなかった。人には誰でも言えないことがある。めぐみもまた、潤の過去も現在も聞こうとはしなかった。やはり同じ種類の人間なのだとほっとした記憶がある。

同じ種類の人間は、相手のことが本能的にわかるだけに、現実では相手に踏み込めないものだ。長年一緒にいるのに、互いをよく知らないということになってしまう。

潤にとって、恵利はまったく対極の人間だった。だから何でも言えた。心の奥底で通じ合うものがないから言葉で理解し合うしかないのだ。それはそれで気楽で心地よかった。だが目に見えない「ズレ」のようなものを感じたとき、違う種類の人間だとズレを放置できなくなる。だがそこを問題視して言葉にしたら、あとは別れが来ることもわかっている。

恵利とのことは、一通りフルコースを終了したと考えたほうがいいのかもしれない。

このまま続くかどうかは彼女に任せたほうがいいのだろう。じたばたしたところで恵利にその気がなければ続けられる関係でもない。そう考えたとき、急にめぐみのことが気になった。すぐそばにいる同じ種類の人間に、自分は冷たくしてきたのではないだろうか。

だから思わず尋ねてしまったのだ。

「ずっと一緒にいてくれる？」

と。彼女は一瞬、不思議そうな顔をしたがすぐに顔に笑みを貼りつけて言った。「もちろんよ」と。恵利のような女性だったら、「どうしてそういうことを聞くの？」と続けるはずだ。だがめぐみは言わない。もちろんと言ったあと、すぐに「一緒にいてほしかったら、お皿を洗ってちょうだい」と空気を変えるために冗談を言った。そこが自分と似ているところなのだ。

めぐみの過去を知りたいと潤は思った。それは許されることなのだろうか。めぐみは過去を知ってほしいと思っているのか。

潤は最近、客としてめぐみの店には行かなくなった。代わりにときどき、店が終わったころ行って片づけを手伝っている。明らかに態度が変わったことについても、めぐみが何か言うことはなかった。彼女は常にあるがままを受け入れようとしているのだろう。

恵利とは自然に離れていくのがいいのかもしれない。そして自分と同じ種類の人間であるめぐみの心の中にもっと分け入ってみたい。潤はそんな気持ちになっている。

そんなとき、麗子の刃傷沙汰が起こったのだ。何があったのか知らないが、麗子が一方的にめぐみを恨んで乗り込んできたように見えた。だがそのときのめぐみの態度に、潤は心底驚かされた。

切られた瞬間、すぐに傷の深さを判断して手ぬぐいで止血をしたこと。麗子が倒れたために救急車を呼び、救急隊員に店でふらついて倒れたと自ら言ったこと。それまでにカウンターをきれいに片づけていたこと。あの夜のめぐみを思い出すにつけ、自分が思っていたよりずっと過酷な過去を生き抜いてきた、相当、腹の据わった女性なのではないかと考えるようになった。

あの日、潤はめぐみに命じられて麗子とともに救急車に乗った。そしてめぐみが持たせてくれたメモを見て、麗子の自宅に電話をかけた。店で倒れた、と。夫だと名乗った男性は、すぐに病院に駆けつけると話し、「ご迷惑をおかけして申し訳ありません」と丁寧に言った。ごく普通の家庭の主婦なのだろう。いったい、彼女はなぜあれほど乱れていたのだろうか。

めぐみは何も言わない。客の情報はたとえ一緒に暮らしている男にも明かさない。そんな雰囲気があった。だからあえて潤も麗子のことは聞こうとしなかった。ただ、潤は「困ったことがあったら何でも言ってほしい」とめぐみに何度か声をかけた。彼女はそのたび、「ありがとう」ととびきりの笑顔を見せた。

会社から健康診断の結果をもらい、潤は読み流していった。いつもと変わりはないだろう。しかし胃の検査のところで目が釘付けになった。すぐに再検査をしろと書いてある。そういえばこのところ胃が重く、何を食べてもおいしいと思えなくなっていた。前ほど酒も飲めなくなった。老化かと思っていたが、同僚たちに「顔色が悪い」と指摘されることも増えている。なんてことないと笑い飛ばせない実状があった。

潤は早速、再検査を受けた。幸い、高校時代の同級生である桐野祥一《きりのしょういち》がある大病院で消化器外科を取り仕切っている。連絡をすると、「すぐうちの病院に来い」と快諾してくれた。胃カメラを飲んでみたら、そのまま入院させられた。なにがなんだかわからない早業で、誰かが自分をどこかに連れていってしまうのではないかとさえ思った。

あきらめたようにベッドに寝ていると、桐野が顔を見せた。

「どうだい、様子は」

「なんでいきなり入院なんだよ」

「この前一緒に飲んだときも言っただろ。おまえには少し休養が必要だって」

「そんなおためごかしを言うなよ。はっきり正直に言ってほしいんだよ」

「わかった」

桐野はベッドサイドの椅子に座った。

「これからまだ検査が必要だけど、今の段階で、おそらく胃がんだろうと思う」

「そうか」

「相当な自覚症状もあったはずだよ」

「うん」

「治療方法はいろいろある」

桐野の顔が苦しそうだ。

「本当は治療方法はない、と言いたげだな」

「去年は健康診断を受けてないんだって？」

「実は何年もサボっていた」

「どうするのが最善か、チームを組んで検討してみるよ。がんと共存していく方法もあるから」

「放っておくとどのくらいだ？」

「もう少し検査をしないと何とも言えない」

「公式見解はわかった。ただ、おまえの見通しはどうなんだ」

「もって半年かな。そんなあやふやなことは他の患者には言わないけどな。その程度の診断だよ、今のところは」

桐野はあえて軽く言う。彼が去っていくと、潤はくっくっくと笑った。なぜか笑いがこみあげてくる。昨日までの五十数年の人生が、たった一日でこれほどまでに劇的に変わってしまうのか。いきなり、あと半年で死ぬと宣言されたのだ。信じられないような気もするし、こういう運命だったと前から知っていたような気もする。ふと気づくと頬が濡れている。笑いながら泣いていたのか。

顔を上げると、めぐみが立っていた。何も言わずに近寄り、潤の頭を抱えた。涙がとめどなくあふれてくる。

「大丈夫よ」

めぐみはひと言だけそう言った。

「桐野に会ったのか」

彼女は小さく頷いた。

「結婚しよう」

潤の口からふいに漏れた言葉がそれだった。自分の命の期限がわかったとき、潤がいちばんしたいのは、めぐみと結婚することだったとわかったのだ。

「それは元気になってから考えればいい」

「いや、オレは元気にはならないよ。命の限界が見えたからこそ、わかったんだ。オレはめぐみと結婚したい」

「私は、一緒にいられればそれでいいわ」

「明日、婚姻届をもってきてほしい」

「わかった」

めぐみは潤の着替えや身の回りの道具を置いて帰って行った。その後ろ姿を見ながら、彼はめぐみが婚姻届を出したいと思っているかどうか聞き損ねたことに気づく。彼女の負担が増すだけではないのか。たいした貯金もないのだからめぐみにめんどうを押しつけるだけかもしれない。むしろ、別れようと言うべきだったのではないか。ある程度の退職金は入るだろうから、それを彼女に渡してやりたいという思いはある。

どうするのがいちばんめぐみに気持ちを伝えることができるのだろうか。

数日間、潤は検査に次ぐ検査を受け、すっかり疲れきっていた。桐野の最初の見立てはどうやら間違ってはいなかったようだ。桐野はいろいろな治療方法を示した。

「少し考えさせてほしい」

潤はそう言った。治療などしなくてもいいかもしれない。そんな思いも頭をかすめる。

　そんなとき、ふらりと恵利が現れた。

「ど、どうしたの？」

「めぐみさんが連絡くれたのよ。あなたが私に会いたがっているんじゃないかって」

「めぐみが？」

「あなたも脇が甘いわね、私の元部長」

　恵利は明るく言った。

「すっかりバレてるわよ、あなたと私のこと。私はあなたがあんな素敵な女性と一緒に暮らしてるって知らなかったけどね」

「恵利はオレの私生活なんて気にしたことがないだろ」

「ええ、なかったわ。離婚したことも知らなかった」

「オレたち、ほとんどお互いのプライベートを知らなかったもんな」

「そうね。お互いに知ろうとしなかったのかしら。私が離婚するとき、あなたは弁護士さんを紹介してくれたりしたけど、何が起こっているかを尋ねたことはなかったわね。他の面が合っていたから、それでよかったのかな」

　恵利が色っぽく笑った。

「ちょっと相談に乗ってほしいんだ」

こういうとき、判断力と行動力に長けている恵利なら、きっといい方向に導いてくれるだろう。

「いいわよ、なんなりと」

恵利は病気についてまったく聞こうとしない。潤は、自分には半年ほどしか残された時間がないこと、どうしたらめぐみにわずかな退職金を残せるかなどを話した。

「ふたりで話し合うのがいちばんでしょう、それは。婚姻届を出さないなら、それなりに方法はあると思う。調べておくわよ」

「それとさ、恵利の今の彼はどうなってるんだ。オレ以外にも当然いるんだろ。オレとはとんとごぶさただもんな」

うふふと恵利は笑った。

「実は息子の友だちとね」

恵利の話は潤を驚かせるものだった。二回りも年下の、しかも息子の友だちの大学生とそういう関係になるなんて。

「もちろん、別れるわよ。そのうち。こんな関係が続くわけないもの」

「すごいなあ。オレ、今初めて自分の病気のことを忘れたよ。恵利の爆弾投下のおかげで」

「自分が愛するのも大事だけど、他者の愛を受け入れることも愛情なのかなと思ってね」

「ずいぶん博愛じゃないか」

「そんなイヤミを言わないでよ。あの若さを真正面からぶつけられたら、そう簡単に断れない。繊細なのよ、彼。だから拒絶できなかった」

「だけどこれで別れたら、もっと傷つくことになるんじゃないか」

「それまでの間に、傷ついてもめげない方法を教えておくしかないわね」

「オレだって恵利に拒絶されて傷ついたよ」

「あなたは大人だからいいの。ふと思ったのよ。私はあなたから卒業する時期かなって。男女の間ってそういうこと、ない？　すごくいい時期を経て、わずかに下降線をたどりはじめたときが別れどきなんじゃないかしら。お互いに憎み合わずに友だちでいられる余地を残して」

そうかもしれないなと潤は思う。少し冷めかけている恵利を追おうとしなかったのは、これが潮時だと潤自身も判断したからかもしれない。

「それはそうと、オレがいなくなっても仕事は頼むよ。ちゃんと引き継ぎしておくから」

「いなくなるなんて言わないでよ。合う抗がん剤をうまく使えば、かなり長い間、日常生活は送れるはずよ。粘って粘って自分のやりたい仕事をとってくるのがあなたの信条でしょ。なんでも簡単にあきらめちゃいかんって」

そういえばそうだった。なぜか病気に関してはあっさり受け入れて、あっさりこの世におさらばする気になっていたが、生き生きと輝く恵利を見ていたらもう少しこの世で俗なものにまみれたいという気持ちも出てきた。

「ここが萎えてもしょうがないけど、気持ちが萎えたらダメよ」

恵利は潤の下半身を指さす。

「よくなったら、また、ふたりで、しよ」

恵利は言葉を句切りながら、潤の下半身に手を伸ばした。不思議なことに潤の身体の奥から、あらゆる欲が噴き出してきた。

「そうだな。遺産の相談は今じゃなくてもいいか」

「そうよ」

恵利は、「めぐみさんを大事にしてあげてね」と言いながら帰って行った。ひとりになった潤は、なぜめぐみが恵利を寄越したのかと考え込んだ。

〈恵利が来たよ。ありがとうと言うべきかな〉

めぐみにメッセージをしてみた。

〈よけいなお世話だったかしら。恵利さんからなら、あなたも元気をもらえるんじゃないかと思って〉

〈確かに。恵利はオレたちとは異質な人間だから、元気はもらえるかもしれない。だけどめぐみ、オレはきみと一緒に生きていきたい。今、そう思ってる。結婚が重荷ならしなくてもいい。ただ、きみと一緒にいたい〉

一時間もしないうちにめぐみがやって来た。眼が赤い。泣いていたのか。

「ありがとう」

「こちらこそありがとう。きちんと自分の気持ちを伝えておくよ。オレは一緒に暮らしているきみに、どこまで踏み込んだらいいのかわからなかった」

「私も。同じ種類の人間だからかしらね」

ふふ、とふたりは笑い合った。だがめぐみの表情はどこか暗い。

「何か気になっていることでもあるの？」

「こんなときに言うべきことかどうか……」

「言ってみて。オレ、もう何も怖いものはないよ」

「私、あなたに隠していることがある」

「子どもがいるとか？」

めぐみの顔がひきつった。

「どうして？」

「なんとなく……。カンなのかな。めぐみは子どもを産んだことがあるのかなって」

「正直に言うわ」

めぐみは出産前後のことや、その後の自分の人生をすべて話した。ただ、篠原と再会したことと麗子との関係はやはり話すことができなかった。

「どこにいるのかわからないのか」

「わからない。生きているかどうかも。私はどうしようもない罪を犯したの。あなたと幸せになっていいはずがない」

「どうしようもなかったんだろ。ずっと苦しんできたんだろ」

潤はそう声をかけた。以前だったらめぐみを責めていたかもしれない。何があってもしてはいけないことだと声を荒らげたかもしれない。だが正直言って、今の潤に人を責めることはできなかった。この世からいなくなることが確実となっている人間は、すべてを許そうとしたくなるのだと初めて知る。人の明るい面より苦悩に心が引っ張られるのかもしれない。だから責められない。

「探すという選択肢もあるよ。会いたい?」

「わからない。あの子が幸せでいてくれればそれでいい。名乗る気はないわ」

「その教会の場所は覚えてる?」

恵利ならなんとかしてくれるのではないか。そんな気はするが、めぐみは快くは思わないだろう。

「恵利さん？」

　めぐみが小さな声で言った。

「オレも同じことを考えていたよ。よくわかったな」

「なんとなくね」

「恵利ならなんとかしてくれるんじゃないかと思って。一度、ここに集まって作戦を練ろうか」

　潤はその場で恵利にメッセージを送る。恵利は病院を出たあと、近くで打ち合わせをしていて今終わったところだという。もし時間があるならもう一度、来てもらえないかと聞くとOKマークの絵文字を送ってきた。

　それを伝えると、めぐみは落ち着かない様子になった。一緒に住んでいる男の恋人に会うのだから当然だろう。

「めぐみ。オレと恵利の関係はもう終わってる。友だちだよ、ただの。だから緊張しないで」

　めぐみは頷いたが、やたらと瞬きが多い。

「舞い戻ってきたわよ」

　恵利が軽やかに入ってくる。

「あ、めぐみさんね。先日はお電話ありがとう。これ、打ち合わせしていたカフェでおいしそうだったから買ってきたの。めぐみさん、食べて。クッキーよ」

恵利はクッキーの袋をめぐみに押しつけるように渡した。

「あ、ありがとうございます。改めて、はじめまして」

めぐみが丁寧にお辞儀をする。

「そんなに緊張しないで。川合さんと私は昔からほぼ仕事でつながっているだけなの。ごくまれに仕事外でつながっちゃったりしたけど、今は昔の話」

恵利は軽い調子で笑いながら言った。その言葉からめぐみへの配慮が伝わってくる。めぐみはおそらく前から恵利の存在を知っているのだろうから、「ごくまれに」という言葉を信用はしないだろう。それでも気を遣われていることはわかるはずだ。

「それはともかく、恵利に相談があるんだ」

「なあに？」

実は、と潤は話し始めた。ときどきめぐみに確認をとる。めぐみも少しずつ緊張がほぐれてきたようで自分からも言葉を発した。

「どうやって探したらいいと思う？」

潤がめぐみに問いかけた。

「うーん。まずは教会ね。教えてもらえない可能性も高いと思うけど、少し調べてみましょうか。めぐみさん、教会の場所を教えて。あとお子さんの生年月日と」

めぐみはメモを書いて恵利に渡す。恵利はろくに見もせずメモをポケットに入れ、やれるだけのことはやってみると請け合ってくれた。

「素敵な人ね」

恵利を送って帰ってくると、めぐみの表情が明るくなっていた。

「何か言ってた？」

「女同士の秘密。あんな素敵な人と恋愛していたなんて、あなたも素敵な人なんだなと思った」

潤はめぐみを見つめた。

「イヤミや皮肉じゃないの。本当の気持ち」

「ありがとう」

そこへ恵利からメッセージが入った。

〈めぐみさんはとっても素敵な女性ね。大事にしないとバチが当たるわよ〉

潤は思わず携帯電話をめぐみに見せた。めぐみは愛おしそうに画面をなでる。

「ありがたいわ」

「オレはなんて幸せものなんだろう。こんな素敵な女性たちがいて」

「そうよ。感謝して」

めぐみがにっこり笑った。今まであまり見たことのない、深い包容力に満ちている。

やはりもっと生きて、もっとめぐみのことを知りたい。一緒に笑いあいたい。潤の生きる意欲が炎のように噴き出した。

数日後、恵利がやってきた。潤の抗がん剤治療が始まる前日だった。やけに顔が白く見える。

「どうした、何かあったのか」

「教会で聞いてきたんだけどね、どこかの家にもらわれたことは確かみたい。だけど当然、その先は教えてもらえなかったわ。当時のことを知っている人がいないとも言われたの。ただ……」

「どうした?」

「誕生日が一緒なのよ」

「誰と?」

「私がつきあっている子」

「そんなバカな」

「でしょう?」

「誕生日が同じなんてよくある話だろ」

「そうは思うけど」

「可能性としてなくはないということか」

「そうね」

「めぐみには言わないほうがいいのかな」

「私は、彼女には知る権利があると思う。名乗り出ることについては彼のほうの気持ちもあるから考えたほうがいいと思うけど。ただ、彼がアルバイトをしている喫茶店に連れて行くことはできるわ。めぐみさんは、たぶん自分から名乗り出たりしないでしょ」

「大丈夫だと思うけど、もしかしたら我を忘れることもあるかもしれない」

「そんなことないと思うわ、彼女なら。冷静な人だもの。彼女とはいろいろ話したの。あなたが考えるよりずっと冷静で賢い人よ。なにより子どもの頃から苦労してきたから、自分の立場をわきまえている。驚いたわ。それはあなたも感じているでしょ」

「うん。ただ、オレは彼女の人生をよく知らないんだ。知らないままに同じ種類の人間だと感じた」

「そうね、似ているかもしれない。人としての質がね」

そうだなあ、と潤は伸びをした。

「明日から抗がん剤治療なんだ。それが一段落したら、三人で行ってみるか」

「あなたは取り乱したりしないでしょうね」

「めぐみが子どもを産んだことがあると突然、告白したときは驚いたよ。だけど、そんなこともあるかもしれないとも思っていた。会えるものなら会いたいんじゃないかと言ってみたけど、彼女はわからない、と。まあ、その子がめぐみの子かどうかわからなくても、二十歳の男の子を実感してみるのは悪くないんじゃないかな。オレ、恵利のアモーレを見たいし」

「からかわないでよ、もう。わかった。とにかくそういう目標があるんだから、抗がん剤治療、がんばってちょうだい」

恵利はきっぱりそう言った。

抗がん剤治療が始まる朝、桐野がやってきた。

「新しい薬なんだ。これはおまえの病気のタイプには効くかもしれない。うまくいけば副作用もそれほどないと思う」

顔が明るい。つられて潤も「おう、がんばるよ」と答えた。

「ちょっと様子を見て、大丈夫そうだったら通院治療に切り替えよう。仕事にも行けるぞ」

「本来なら、全部通院で治療するんだろ」

「ああ、でもおまえは大事な友だちだから。様子を見たいんだ」

「ありがとう」

潤は心から礼を言った。人のまごころが身体に染みいってくる。今までとは違う人生を歩いていけそうな気がしていた。

桐野の言葉通り、潤はひどい副作用もなく、一週間で退院した。退院するときはめぐみが寄り添ってくれた。今後は通院で、何クールか治療を続ける。

家に落ち着くと潤はめぐみに深々と頭を下げた。

「オレの人生に巻き込んでしまって、申し訳ない」

「私こそ、あなたを私の人生に巻き込んでいる。恵利さんと一緒に喫茶店に行ってくれるんですってて？」

「誕生日が同じというだけだよ。可能性はゼロではないけれど」

「あのね、私、誕生日が同じ二十歳の男の子を見るだけでいいと思ってる」

「え？」

「きっとあの子もこんなふうに育ってるんだって思えたら、それでいい。今思えば、あのときもっと他に方法があったのよ。だけど医者にも行ってなかったし、どうすればいいのか私には知識も助けてくれる人も場所も、なにもなかった」

「つらかっただろうなあ」

「でも結局、子どもに迷惑をかけただけよ。無知な私のせいで子どもは苦労したかもしれない。どこかできちんと育ったとしても、その家の本当の子じゃないとわかったら複雑な気持ちを抱えて一生を送ることになるかもしれない」

「ただ、恵利が言う子がもし本当にめぐみの子だとしたら、とても大事に育てられたということだよね」

「そうね、私の子もそうであってほしい……。ごめんね」

最後の言葉はかすれていた。

「めぐみが苦しい思いをしているのをわかってやれなくて、こちらこそごめん」

潤はめぐみを抱きしめた。めぐみの温かさが伝わってくる。

「よし。明日から会社に行くぞ」

「大丈夫なの？」

「人間、いつかはいなくなる。だから一日一日を大事にしたい。まだ仕事でやりたいこともあるんだ。オレ、生き直せるような気がするんだよ。めぐみと一緒に」

めぐみは微笑んだ。その目からぽたぽたと大粒の涙がこぼれている。

「お互い、ここらで甘え合って生きることを覚えたほうがいいかもしれないな」

うんうんとめぐみは頷く。

そのクールの治療が終わるころには、潤は復帰した仕事にも慣れていた。もう仕事などせずにこのまま命が消えるのを待ってもいいと一瞬は思ったが、やはり生きようとする道を選択してよかったと心から思う。めぐみと生きる、少しでも長く日常生活を送ると決めてからは迷いも不安もなかった。

少し休んでから次のクールの治療に入ると、今より副作用が強くなるかもしれないと桐野に言われた。だが、どんな副作用にも打ち勝ってみせるという思いがあった。

恵利に指定された喫茶店に、めぐみとともに向かった。大きな道路に面したガラス張りのきれいな店だ。入っていくと、窓ぎわに席を取っていた恵利が立ち上がって手を振った。

「注文を取りに来る子がそうだからね」

恵利が小声で言う。メニューをもつめぐみの手が震えていた。

「めぐみさん、ファイト」

恵利の声にめぐみが無理やり微笑んだ。

「いらっしゃいませ」

水とおしぼりを持って若いウエイターがやってきた。

「考太くん、がんばってるじゃない」

「珍しいよね、恵利さんがお友だちと来るなんて。いつもひとりなのに」

「昔から私がお世話になっている仕事上の恩師、みたいな人とそのパートナーよ」

「いらっしゃいませ。いつも恵利さんがお世話になっています」

考太が改めて頭を下げる。

「何言ってるの、あなたは」

恵利の言葉にみんなが自然と笑った。

「少しお腹がすいたわ。軽食で何かお勧めはあるかしら」

めぐみがごく自然にそう問いかけた。

「あ、うちのホットケーキ、おいしいですよ。ここの先代からのレシピがあって、本当においしいんです。僕が作りますよ」

「じゃあ、それをお願い」

「考太くん、私、それお勧めされたことがないんだけど」

恵利が混ぜ返す。

「恵利さんはいつももっとボリュームのあるピラフがいいって言うから。大食いだもんね」

「よけいなことは言わない！」

めぐみが大きな声で笑っている。

「じゃあ、今日は私もホットケーキを食べてみるわ」

「それならオレも」

考太は「ありがとうございます」と元気に厨房へ戻っていく。めぐみが愛おしそうにその後ろ姿を見送った。

恵利も潤も何も言わず、そんなめぐみを見つめている。産んですぐ別れた子だ。何かが通じたりわかったりするわけはないだろう。めぐみ自身、そこを追及したいとは思っていないのだ。

「おまちどおさまです」

考太がホットケーキを持ってきた。

「メープルシロップとブルーベリージャムがついていますので、お好みでどうぞ」

三人はそれぞれの思いを抱えてホットケーキを口に運ぶ。

「おいしい」

声が揃った。考太は満足そうに笑みを浮かべた。

「これ、サービスです」

半分ほど食べたころを見計らったように、今度はバニラアイスを一皿もってきた。

「ホットケーキに乗せるとおいしいんですよ」

「太っちゃうわあ」

恵利が声を上げた。

「本当においしいわ。軽くていくらでも食べられそう。いい小麦粉を使ってるのね」

めぐみが声をかける。

「わかります？　うれしいです。この店、いい食材を使ってるんですよ。オーナーにこだわりがあって。だからこの店が好きなんです」

ごゆっくりと言いながら考太が去って行った。

「恵利さん、ありがとう」

ホットケーキを食べ終わり、ゆっくりとコーヒーや紅茶を堪能しながら、めぐみが軽く頭を下げた。

「ときどき来てあげてよ、私の友だちということで」

「そうね」

めぐみは心から満たされたような穏やかな表情になっている。潤はそれを見ながら、自分の心も静かになっていくのを感じた。


「本当にこのままでいいのか、きちんと確認したくない？」

仕事があると先に帰った恵利を見送って、潤はめぐみとふたりでまだ考太のいる喫茶店で話している。

「いいわ。彼の人生に動きがあれば恵利さんを通じてわかるでしょう。ときどきあなたと一緒にホットケーキを食べに来ることができればそれでいい」

「恵利に、彼が親を探したいと思っているかどうか聞いてもらおうか」

めぐみは静かに、だがきっぱりと首を横に振った。

「知らないほうがいいこともある。そう思わない？」

「そうだともそうじゃないとも言い切れないな。彼の気持ちの問題だから」

「彼が本当に探したいと思うなら、それを恵利さんに言うはずよ、きっと」

「そうだね」

「結論は早まらないほうがいいのよ。最近、何かにつけてそう思うわ」

めぐみは子どもの頃から苦労してきた、と言った恵利の言葉を思い出す。どんな人生を送ってきたのか。潤は心から知りたいと思った。これから時間をかけて、少しずつ過去を共有していきたい。お互いに知らなかった時間が長いからこそ、そこを埋めるように生きていきたい。

「オレが元気になったら、まず何をしたいかわかる？」

めぐみは小首を傾げた。

「一日中、めぐみと抱き合っていたい」

「今だってできるわよ」

めぐみはそう言って潤の手に自分の手を重ねた。

「セックスしなくても、こうやって身体を重ねることはできる」

目の前がかすんだ。どうも涙腺が弱くなっているようだ。

「これ、店からのサービスです」

考太がコーヒーをもってきた。

「ちょうどコーヒーをおかわりしようと思っていたの。払うからちゃんと請求してちょうだい」

「いえ、恵利さんのご紹介ですから、このくらいはさせてください」

「ありがとう。また来ていいかしら。あなたのホットケーキが食べたいから」

「来てください。ぜひ。月曜と木曜は夕方から、土曜は今日みたいに午後から閉店までいますから」

考太はにこにこしている。目元と鼻の形がめぐみに似ているなと潤は感じていた。

第八章　由 美 子

夫が浮気をしている。由美子がそう確信したのは、夫の隆史の帰りが遅くなったり、ときに外泊して「会社に泊まったんだよ、忙しくて」と目をきょろきょろさせながら嘘をついたりしただけではない。ぼうっとしていたかと思うと、急に夜中にスマホをいじり、ひとりにやにやしていることもある。それらを総合すると浮気しか考えられないのだ。

由美子はずっと静観していた。自分が騒ぎたてたところでどうにもならない。そもそも結婚当初から夫の隆史とは甘い記憶がない。隆史は会社人間だったし、自分はずっと隆史の両親と仕事をしてきた。

義父母が相次いで逝ったのは三年前だ。ふたりがやっていた事業は、夫の親戚が急にやってきて乗っ取るようにして引き継いでいった。夫は由美子をかばって、今までの退職金やそれなりの報酬を出させようとしたが、親戚たちは取り合わなかった。裁判を起こすと言う夫をなだめたのは由美子だ。

「世間に比べれば少なかったけど、一応お給料ももらっていたし、お義父さんもお義母さんもよくしてくれた。だからいいのよ」

彼女は夫を傷つけまいとしてそう言った。実際には仕事上でも生活上でも、義父母にこき使われただけだった。夫もそれは知っているはずだ。だが、夫は由美子が怒っていないとわかると渡りに船と、諍《いさか》いから身を引いた。もともと揉めごとを起こしたくないタイプなのだ。揉めずに自分の思い通りにことが運べばいい。夫はずっとそういう立場にいるように由美子には思えた。

急に仕事から解放され、由美子はこの三年、どこかぼんやりしながら過ごしている。時間ができた分、夫や考太の些細な行動に目がいくようになった。忙しいときは細かいことには目をつぶって、大まかに家庭が回っていけばいいと思っていたのに、暇ができるとよけいなことばかり考えてしまう。

人は時間があると、過去にとらわれてしまうのだろうか。そもそも、自分は夫とふたりで協力し合って家庭を築いてきたのだろうか。時間に追われて毎日をルーティンとして過ごしてきただけではないだろうか。親戚の紹介ではあったが、どうして隆史と結婚したのかもあまり覚えていなかった。決め手は何だったのだろう。あのころは結婚するのが当たり前、結婚しなければいけないと思い込んでいたのではないだろうか。二十数年、一緒に暮らしてきて、夫とは家族としての「つながり」はあるが、それがどの程度の深さなのかもわからなくなっていた。

もちろん子どもへの思いは別だ。長男の優一は初めての子だったこともあり、少し厳格に育てすぎたかもしれない。だがそれが彼の資質に合っていたのか、しっかり者の優等生に育った。今のところは夫も認める「出世頭」だ。大手企業に就職して、企業から留学させてもらっている。この先、どこかで挫折するかもしれないが、長男ならきっと立ち直ることができるだろう。

一方の次男・考太は小さいときからわんぱくで、自分のやりたいことや意志を決して曲げないところがあった。由美子としてはそこがおもしろく、この次男をゆったりと見守ってきたような気がする。出生に秘密があったから、いつ本人に伝えるかは常に心にひっかかっていた。このことだけは夫との間の意思疎通を欠かさなかった。だが先日、考太に出生の秘密を明かしたとき、由美子は心からこの次男を愛してきたと感じていた。それは夫の隆史も同じだったらしい。

あのとき、夫も自分も何も考えずに考太を引き受けた。どこでどういうふうに生まれたのか、夫婦は知らなかった。ただ、隆史の両親が、仕事関係で知り合った「信頼できる人」から頼まれたのだという。養子として育ててもらえないか、と。出生届けは出ていないから彼の戸籍はないが、そこはうまくやっておくからと言われ、なにがなんだかわからないままに、産まれ落ちてすぐ考太は家にやってきた。「考太」という名前を考えたのは由美子だ。自分でものごとを考え、図太く生きていってほしいという願いをこめた。名前通りの子に育っているだろうか。少なくとも、自分でものごとを考える子にはなったようだ。世間の目など気にしないところはある。

彼が幼稚園に入るまで、由美子は彼にべったりだった。長男と違って甘えん坊だったし、やはり不憫《ふびん》な気がして、かわいいかわいいと育てていた。内弁慶になったのか、幼稚園にもなかなか慣れなかったが、慣れるとあっという間にガキ大将になった。そんな子が結婚すると言い出すなんて、考えてみればそれが成長というものかもしれない。

今のところ、考太は落ち着いて大学に通っている。なんの目標もなく通っていたようだが、最近は司法試験を受けるのだと言って、講義とアルバイトの合間を縫って大学の図書館でも勉強しているようだ。二回り年上の彼女との仲がどうなったのか、尋ねてはいないが順調なのかもしれない。

夫は逆にここ一週間ほど、様子がおかしかった。ひょっとしたら浮気していた彼女にフラれたのではないかと由美子は考えている。気持ちを奮い立たせようとしているのに気力が戻らない。夫はそんなふうに見えた。ついこの間まで、ときどき夜中のリビングでスマホを見ていたが、ここ数日、スマホは帰宅後、テーブルの上に置きっぱなしだ。ずっと続いていた不審な行動がなくなり、急に意気消沈しているように見える。昨日などは、朝から深いため息をついていた。家族にも外でいろいろあるのだろう。すべてを知ることは不可能だ。

さて、私はどうしたらいいのだろうか。家族といえども、それぞれがそれぞれの事情を抱えて生きている。自分も単なる主婦のままでは終わりたくない。女としても人間としても、もう一度生き直していい時期がやってきているのではないだろうか。女五十歳、ここから生き直したい。そう考えた由美子は、仕事を探し始めた。だが、義父母の仕事を手伝っていたとはいえ、対外的には専業主婦としか思われず、そう簡単に仕事は見つからなかった。面接にさえこぎつけることができない。「働く」とはどういうことなのだろうか。自分は何のために働きたいのか。

社会とつながりたいのだ。人とつながって、こんな自分でも誰かの役に立てることを確認したいのだ。由美子はそこに行き着いた。

ある日、彼女はため息をつきながらスマホで仕事を探していた。ふと目についたのが、「人妻募集・熟女歓迎」だ。ヘルスと書いてあるが、店舗型だから安心ですとある。こんな仕事もあるのか、熟女という言葉が何歳を想定しているのかわからない。自分の年齢でもできるのだろうかと由美子は目を皿のようにして読んでいく。風俗の仕事というのはわかるが、具体的に何をするのかはわからない。

紹介ページにはいいことばかり書いてある。誰かにバレることはない。どこかの会社に勤めているかのようにアリバイを作ってくれる。勤務時間はいかようにも選ぶことができる。とはいえ、客がもし知り合いだったらどうするのだろう。五十代も大歓迎というのは本当なのだろうか。読んでいるうちに由美子は、自分の女としての勝負を賭けたくなる。夫しか知らない自分だが、女としての価値があるのだろうか。

メールを出してみると、すぐに返事が来た。電話をかけ、その日のうちに面談に行くことにする。風俗の面談と大げさに考えるのはやめる。何が起こるかわからない。だが、新しいことにチャレンジしたかった。そうしなければ、もう自分が自分でいられないほど、彼女はせっぱつまった気持ちだった。

店の最寄り駅に着いて電話をかける。道順を説明され、その通りに向かったが、さすがにビルに入るときには膝ががくがく震えた。引き返したい。しかし引き返したら、自分は昨日までと同じ日常に埋没するのだ。ここで勇気を出さなければ、何かを変えることはできない。

「こんにちは。ようこそ」

三十代後半とおぼしき男性がにこやかに迎えてくれる。

「きれいなお店ですね」

店長室に入って、なにげなくそう言うと、「店長の小倉《おぐら》です」と自己紹介した彼は、さらっと彼女を見て、にっこり笑った。値踏みされている感じがしたが、感覚的にイヤではなかった。女としての値段をつけてほしいとさえ思う。

「主婦の方ですか」

左手薬指に馴染んだ指輪を見ながら、彼が言う。

「はい」

「どういった仕事か把握されてます？」

まじめな主婦に見えるのだろう。体から、そういうものがにじみ出ているに違いない。そう思うと由美子は多少、忌ま忌ましさを覚えた。

「正直言って、よくわかりません。ただ……」

店長は問い返すでもなく、由美子の言葉をゆっくり待つ。

「女として勝負してみたいんです」

言葉に出すと、すごいことを言っているような気がして、由美子は恥じた。

「素敵だと思います」

店長はさらりと言った。下に見られた感じはない。いろいろな動機でやって来る人を見ているからだろうか。何を言ってもこの人は受け止めてくれそうだと由美子は感じる。

どういう仕事なのか、どうやってやるものなのか。店長は簡単に説明を始めた。ホテルへ行くのとは違い、この店舗の中での仕事なので、身の危険を感じたらすぐに部屋から飛び出すか部屋の中にあるブザーを押せば誰かが駆けつけるそうだ。

「今までそんな危険な目にあった女性はいませんけど」

店長は自信をみなぎらせていた。

「うちとしては、飯村さんにぜひ入店いただきたいと思っていますが、どうですか。体験入店をしてみませんか」

「体験?」

「ええ。実際にお客様に接してみて、できるかどうかご自身で確認していただければ」

「でも私に当たってしまったお客さん、かわいそうですよね。プロじゃないのに」

店長は笑い出した。

「僕としては飯村さんに満点を差し上げたいくらいです。あなたは自分ができるかどうかより、まず相手のことを考えている。そういう優しさ、サービス精神が大事なんです、この業界は」

「サービス精神じゃありません。事実ですから」

きまじめに言い返すと、また店長が目を細めた。

女であることの楽しさ

なんだかんだ言いながら、由美子は結局、そのまま体験入店をすることになった。店長が極上の常連を呼んでくれるという。

「佐伯さんと言うのですが、この近くで工場を経営している方です。優しくていい方ですよ」

三十分後にその佐伯が来るという。由美子は待機室で待つことになった。借りたランジェリーを着て部屋に入ると、他に女性がひとりいた。

「あたし、ミエコ。よろしくね」

三十代後半だろうか。肌が若い。

「由美子と言います。よろしくお願いします」

「今日からなの？」

「いえ、まだ。今日は体験入店で」

「あ、そう。この仕事、はじめて？」

「ええ。できるでしょうか」

「できるわよ。結婚してるんでしょ。夫にするのと同じ。しかも本番ナシ。楽チンよ」

ミエコは笑った。

のだろうか。


「夫とはもう十年以上してないし……」

「あなた、まじめねえ」

ミエコが呆れたように声を出して笑った。だが由美子はまじめに考える。夫とセックスしたのはいつだろう。普通の夫婦は子どもが成人してもまだ肉体の交わりがあるのだろうか。

「しかも私、夫しか知らないんですよ。女としてどうなんでしょうね」

ミエコはさらに笑い出す。

「あなた、いい人ね。気に入っちゃった。体験入店終わったら、本格的に仕事したほうがいいわよ。あなたみたいな女性、きっとここに来るサラリーマンに好かれるわ」

「サラリーマンが多いんですか」

「そうね、ほとんどサラリーマンかなあ。たまに自営業の人もいるけど」

「佐伯さんって知ってます？」

「あ、体験で佐伯さんが来るのね。あの人に何でも聞くといいわ。教えてくれるから。不思議なおっさんよ。風俗が好きで来ているのか、風俗で働く女性が好きで来ているのかわからないけど、私たちをバカにするようなところがまったくないの」

「中にはバカにする人もいるということですか」

「そうね、下に見られてるなあと思うことはときどきある。自分だって来ているくせに『どうしてこんなところで働いているの？』とか『早くまともな人生を送ったほうがいいよ』とか。どうして風俗がまともじゃないのか意味がわからない。だったら来なければいいのにね。私なんか子どもを抱えて生活していくためには、ここでがんばるしかないのよ。そんなことも想像できずに説教する客は、あんまりいいお客じゃないわね」

「私でも働けるでしょうか。トシだしきれいでもないし」

「大丈夫よ。年齢なんて関係ないの。あなたより年上の女性もいるわよ。ここに来る人たちの多くは、誰かに甘えたかったり癒やされたかったりするんじゃないかしら。みんな寂しかったりつらかったりするからさ」

「性欲解消のために来るわけじゃないんですか」

「そうねえ。性欲がたまっているだけなら、自分でしたっていいわけでしょ。それなのになぜお金を払って女性たちにしてもらうかってことよ」

お金を払って性欲を満たすというわけではないのか。由美子は、夫はなぜ浮気するのだろうと考えていた。夫も相手の女性にお金を使っていたりはするのだろう。浮気と風俗に行くこととの間に、どのくらいの違いがあるのかわからない。

店長がノックをして入ってきた。

「佐伯さんが見えましたよ」

反射的に由美子は立ち上がる。

「がんばってね」

ミエコがゆるゆると手を振った。


由美子は店長のあとについて部屋に向かう。とある部屋の前で、店長は「今日は、ゆかりさんという名前にしましたので」と小さな声で言った。店長がドアを開ける。

「佐伯さん、今日、体験入店のゆかりさんです。よろしくお願いします」

由美子も頭を下げた。店長はそのまま行ってしまう。

ミエコが「おっさん」だと言うから、てっきり高齢者かと思っていたのだが、ベッドに座ってニコニコしている佐伯は、由美子より少しだけ年上としか思えない。もっとも三十代のミエコからみればおっさんなのかもしれないが。

「緊張してる？」

「はい」

「ここに座ってよ」

隣に座ると、由美子は大きく息を吐いた。佐伯は、男はどういう会話が好きか、どうされると疑似恋愛を楽しめるかなどを淡々と語る。

「もちろん、個人差が大きいからね。相手が何を望んでいるのかわからないときは聞いちゃったほうがいいと思う」

「あの……」

「なあに？」

「佐伯さんは、どうして風俗にいらっしゃるんですか」

　怒られるかと思ったが、佐伯はうーんと腕組みをして考え込んだ。

「どうしてかなあ。若いときは確かに性欲を解消するという意味合いもあったけど、今となってはあなたたちと交流をもちたいからかもしれない」

「交流？」

「きれいごとかなあ。もちろん女性が好きというのはある。僕は親から引き継いだ町工場をやってるんだけど、結局、同じ業界の人としか会わないし、世間が狭いんだよね。こういう場所は僕にとっては、外の世界。ここに世間が詰まっているような気がするんだ」

「結婚してらっしゃるんでしょ」

「してるよ」

「奥さんは知ってるんですか？」

「知らないと思う。これはあくまでも僕の趣味みたいなものだから」

「浮気とは違うんですか」

「どうなんだろうね。それを判断するのは妻だから。ただ、夫婦の間でも知らないほうがいいことはあるんじゃないかな」

「そうなんですか」

「実は、僕の妻が女性と恋をしてね」

「は？」

さらりと言った佐伯の言葉を、由美子は受け止めきれなかった。

「ただね、僕はそれを聞いたとき、ちょっとびっくりはしたけど、嫌な気分にはならなかったの。妻がとてもきれいに見えて、長年、夫婦として暮らしていると、相手の気持ちや考えの変化に気づかないものだなと思った。妻がそれで幸せならいいんじゃないかとも思った」

「寛大なんですね」

「寛大というか、夫婦であっても個人と個人、なかなかわかり合うことなんてむずかしいんだよね」

「それはそうですね」

「結局、いろいろあって妻は、恋していた彼女にフラれちゃったんだ。冷静な妻がひどく激して……」

「あらまあ」

「今、彼女はひどく傷ついてる。それを僕も受け止めてあげたいと思っているところ」

「大変なときに来ていただいて」

「思いがけなくいろいろ話してしまったね。あなたには男の心を開かせる何かがあると思うよ」

「ありがとうございます」

心にしみる言葉のやりとりで、由美子はすっかりリラックスした。

手順は店長に聞いていたので、シャワーを浴びるという佐伯について由美子もバスルームに向かう。一緒にシャワーを浴びるのはオプションだが、今日は一通り全部やってみるつもりだった。小さな洗い場で、由美子は佐伯の体を洗っていった。目の前で裸の男の姿を見るのは久しぶりだ。少しだけ上向きつつある彼の〝オトコ〟の部分を、手で包み込むように洗いながら、由美子はぱくりと咥《くわ》えてみた。

「おお」

佐伯が声を上げるのがうれしい。由美子は、夫にこうした行為をした記憶がほとんどない。してみたくて挑戦したことはあるのだが、隆史はそのとき「妻というものは、そういうことをしてはいけない」と言ったような気がする。自分は、もっと夫と身も心も密着した関係を欲していたのかもしれないと思う。

したこともないのに佐伯にそんなことができたのは、あまりに目の前にあったからだ。メスの本能として咥えてしまったのかもしれない。

その後、部屋のベッドに戻って、舌や手などを使って佐伯を最後まで導いた。彼はほとんどダメ出しをしない。不慣れなため、流れるような作業にはならなかったが、佐伯はかえってそこが新鮮だったと言ってくれた。

「あなたがどういうつもりでこの店で働こうと思ったのかはわからないけど、僕はまたあなたに接客してもらいたいと思った。楽しかったよ。ありがとう」

そう言ってくれた佐伯をにこやかに送り出した由美子だが、呼ばれて店長室に入るとぐったりとソファに座り込んだ。ぺらぺらしたランジェリーが今さらながら恥ずかしい。自分は何をしているのだろう。

「大丈夫ですか」

店長が水をもってきてくれた。一気に水を飲み干して、由美子は深く息を吐いた。

「どうですか。やっていけそうですか」

「私、技術的なことがほとんどできないんです」

「それは努力でなんとでもなります。ただ、あなたの誠実さはきっと男性たちの心を打つと佐伯さんは言ってましたよ」

「女として合格なんでしょうか」

言いながら、私はそれが知りたかったのだと由美子は感じた。五十歳という年齢になってはじめて、自分が女であることを意識したくてたまらなくなったのだ。どうしてなのかはわからない。若くもきれいでもない自分が、誰かに女として見てもらえることがあるのかどうか、それを知りたかったのかもしれない。

「うちで働こうが働くまいが、どちらにしても飯村さんは女性として素敵だと思います」

社交辞令でもうれしかった。女を売りにするプロが集う店で、女として認められたのだ。理屈ではなく、感情的に興奮した。うれしさついでに「明日から来ます」と言ってしまった。

恋愛ってなに？

由美子はスカートの裾を翻して、今日も仕事に出かける。着ているものも生活も決して派手にはなっていないが、貯蓄額だけが増えていった。

あれから半年、由美子の口座にはすでに二百万円近いお金がたまっている。彼女の楽しみは、ときおりデパートの地下で息子の考太が好きな牛肉を買うことくらいだった。特に浪費もせず、彼女は淡々と仕事をこなしていた。

多くの男たちに出会った。男たちのずるさも哀しさもつらさも少しわかったように思う。そしてこのところ、由美子の気持ちは弾んでいた。

店のあるビルの入り口で周りを見渡す習慣だけは今も抜けていない。

「おはようございます」

「あ、ゆかりさん、おはよう」

結局、店での名前は体験以来、そのまま〝ゆかり〟となった。

「今日も指名が三件入っているからよろしくね」

「はあい」

間延びした返事をするとき、由美子はこの業界に染まっている自分を感じる。それは決して嫌悪感をともなわなかった。

店長の小倉が予感したとおり、由美子はすっかり売れっ子になっていた。若くも美人でもないのに、年配のサラリーマンたちが彼女を指名する。

「ゆかりさん、今日最初は相川《あいかわ》さんだからね」

そう言われて由美子はドキッとした。相川はここ三ヶ月ほど週に数回はやって来て、必ず由美子を指名してくれる。五十三歳で、五年前に離婚して以来、ひとりで暮らしているそうだ。「夜になると寂しくてさ」と最初のころはよく言っていた。だが、由美子のところに通ってくるようになってから運気が変わったと言い始めている。由美子も相川に会うのが楽しみで、だから出勤の足取りが軽いのだ。

由美子が自前のランジェリーに着替えるとすぐ、相川がやってきた。

「とうとう大口の商談、契約にこぎつけたよ」

部屋に入るなり、相川は言った。

「ほんと？　すごいわ。相川さんならきっと大丈夫だと思ってた」

「ゆかりさんのおかげだよ」

相川はそう言って、「これ、プレゼント」と有名ブランドの袋を差し出した。中をのぞくと箱にもブランドのロゴがある。

「こんな高いものいただけないわ」

「いいんだよ、ゆかりさんのおかげで商談がまとまったようなものなんだから」

由美子は箱を開けてみる。輝くようなオパールのペンダントだった。いつだったかオパールの神秘性が好きだと由美子が言ったのを覚えていてくれたのだろう。

「どうしましょう、こんな素敵な……」

それ以上、言葉が出ずに見とれてしまう。

「私は何もしてないのに」

「いつも励ましてくれたよ。だからがんばれた。それは僕の気持ちだから」

「ありがとうございます」

由美子は心からお礼を言った。

「今日はゆかりさんと話したくて来たんだ」

相川はコーヒーとケーキを差し出した。近くの店で、店長の小倉に買ってきてもらったのだという。

「僕が持ち込むと、万が一、食中毒でも起こったときに毒を盛ったと思われちゃうから」

「相川さんがそんなことするはずはないけど、そこまでお気遣いいただくなんて」

「今日はずっと話していようよ」

「いいんですか」

「ゆかりさんと話したい。それだけでいいんだ」

「本当は私のほうがお祝いしないといけないのに。今度来るときは、何日か前に予約入れてくださいね。私もお祝いしたいから」

コーヒーとケーキで、ふたりは世間話を続けた。むずかしい話はしたくないのだろう、いつにもまして相川は学生時代にフラれたことなどをおもしろおかしく話している。由美子が相づちを入れたり、ときどき冗談交じりにツッコミを入れたりしたので、彼はますます調子に乗ってしゃべり続けた。

一時間半はあっという間だった。

「また来るね」

相川がそう言ったとき、由美子は急にせつない思いにかられた。後ろから彼を抱きしめ、「本当に来てね。さみしいから」という声がくぐもる。

「わかった」

相川は向き直って由美子を抱きしめた。自然と唇が合わさる。由美子は思わず本気になった。舌を絡め続け、ようやく顔を離したときは、彼女の目が潤んで光っていた。

「ゆかりさん……」

「相川さん」

もう一度、抱き合った。静かに話していただけなのに、ふたりの気持ちがぴったり一致していることを、それぞれが感じ取っていた。

好き、と由美子は言いたかった。この人を帰したくない。もっと一緒にいたい。だが客を本気で好きになるのは御法度だ。店外デートは固く禁じられている。連絡先を教えてもいけない。ここは風俗店なのだ。

由美子の目からぽろりと涙がこぼれた。

「ゆかりさん、大丈夫？」

相川もまたせつなそうな表情をしている。

「オレ、ゆかりさんのことが大好きだからね。本当に好きだから」

「私も」

由美子は自制が利かなくなった。たとえ半年とはいえ、プロとしてやってきたのに、こんなことではいけない。そう思いながらも涙を止めることができなかった。

　女は高いハードルを一度跳び越えると、次からはどんなハードルでも跳べてしまう。自らを律して生きてきた女ほど、ジャンプ力をもっている。溜めに溜めた力を使うことができるからだ。

　息子の考太が大学を卒業したら、離婚することも許されるのではないだろうかと由美子は考えはじめた。隆史は夫として可もなく不可もない男だった。いや、仕事に没頭して同期の中では出世頭らしいから、そういう意味ではいい夫だったのかもしれない。考太に出生の秘密を明かしたときも、彼は断固として「オレたちはおまえの本当の親だ」と言いきった。生みの親ではないが、誰よりも愛している。そういう意味では親なのだ、と。

　彼が大学を辞める辞めないで騒いだときも、結局、夫が父親らしさを発揮しておさめてくれたのだから、父親としても立派なのかもしれない。

　ただ、と由美子は考える。男女として自分たち夫婦の関係はどうだったのだろう。見合いのような結婚をした自分のずるさに忸怩《じくじ》たるものがあるが、その後、夫婦としてこまやかな関係を築いてきたとはとても言えない。仕事三昧の夫と、義父母の仕事に翻弄されながら家族に尽くしてきた妻は、それなりに役割分担をしながら家庭という形を守ってきた。だがこの先もそれでいいのか。自分はそんな人生を、最後に幸せだったと言うことができるのか。

意外にも風俗の仕事が自分に合っていることがわかり、由美子は毎日、自分が生きとしていると実感していた。そして相川という男に出会って、心が揺れはじめた。風俗で出会った男女が愛情を育むことだってあるだろう。だが、相手は風俗に来るような男であり、自分は風俗で働くような女だ。風俗で働いているからこそ、そこにいる女性たちの純粋さもきまじめさも不器用さもわかったけれど、以前の由美子だったら、風俗で働く女と聞いただけで、そして風俗に行く男と聞いただけで蔑みの目を向けていたかもしれない。

そこまでわかっているからこそ、由美子は相川の「本気度」を疑っていた。相川が本気なら、由美子は風俗を辞めてもかまわない。

「ねえ、あなたは私が風俗で働いていることをどう思ってるの？」

あるとき、由美子は思い切って聞いてみた。

「どうって？　だってゆかりさんがここで働いていなかったら、オレたち出会えなかったんだよ」

「私は他の男の人とも接しているのよ」

「ああ、そういう意味か……。あなたは風俗で仕事をしているんだから、それはしかたがないことだと思ってる」

「嫉妬しないの?」

「だって仕事でしょ。オレは本気でゆかりさんが好きだよ。自分のその気持ちには自信がある。だからあなたがどういう仕事をしていても、気持ちは変わらない。むしろゆかりさんがオレに本気だとはどうしても信じられないんだ。あなたのような素敵な女性が、オレのことなんか好きになるんだろうかって」

由美子の中で、何かが弾ける。

「私も本気であなたのことを好きになってしまったの。だから困ってる」

相川の顔が輝いた。

「本当なの?」

「本当よ。私、今までこれほど人を好きになったことはなかった。恋愛感情というものを初めて知ったの。あなたに出会って」

相川は由美子の胸に顔を埋めた。

「ゆかりさん、オレたち、いつか一緒になろう。一緒になりたいんだ」

「ここを辞めるわ、私」

相川がほろほろと涙をこぼす。

「これからはデートしよう、外で。一緒にお茶したりごはん食べたり」

「本当にいいの？　私のこと好きでいてくれる？」

ふたりは固く抱きしめ合った。

愛に生きたい

一年浪人して入学した考太は大学二年生になった。どうやら大学だけはちゃんと卒業すると決めたようだ。あと三年で親の役目は終わる。それまで由美子は離婚するつもりはなかった。

相川との関係は一気に深まった。風俗で仕事をしているからこそ、肉体関係はまだないにもかかわらず、気持ちがぴったりと寄り添っていることをふたりとも確認していた。

「不思議だよね。大人の男と女なのに、まだオレたちセックスしたこともないんだから」

相川はよく店でおもしろそうにそう言った。

「こんなことやあんなことはしてるのにね」

由美子が相川の股間に顔を埋める。相川が愛おしそうに由美子の髪を撫でた。

「セックスしなくてもわかるわ。あなたとしたら、どのくらいすごいか」

「オレもわかる。ゆかりさんとならどこまでもぶっ飛んじゃうと思う」

店ではときおり、「本番させてよ、しちゃってもわからないでしょ、チップ弾むから」という客もいる。だが相川は、一度もそんなそぶりさえ見せない。もちろん店外デートに誘ってくることもなかった。

それだけに由美子は相川をどんどん信頼するようになっていったのだ。

由美子は最後まできちんと仕事をし、十一ヶ月で風俗の仕事を卒業した。この一年弱の間で、彼女のこれまでの人生とはまったく違う方向の〝世間〟を学ぶことができた。一方で、店に来てくれたたくさんの男を幸せな気持ちにさせることができたのだろうか。少しは人の役に立ったのだろうかと不安も感じている。

仕事が最後の日、相川はまた店長にケーキを買ってこさせた。三時間、ふたりは狭い場所で顔をつきあわせて話し続けた。ときどき軽いキスを交わしながら、互いの目の奥を見つめ合った。多くの男が快感にうめいたり黙々と射精していった場所で、ふたりは愛だけを語り合った。最後に初めて連絡先を交換し合い、熱いキスを交わした。

「ここでのゆかりさんにさようなら」

相川は大きな肉厚の手で、ゆかりの頬をやさしく撫でた。

「五日後よね。必ずね」

初めて、客と風俗嬢ではなく、ひとりの男と女として会う約束を交わした。由美子は何度も念を押す。相川は振り返りながら去っていく。その背中にすがりつきたい気持ちを抑え、由美子は残りの時間を過ごした。

帰り際、由美子は店長の小倉にネクタイをプレゼントした。

「寂しいなあ、ゆかりさん。もっと働いてほしかったですよ」

「どうしても家庭の事情で。ごめんなさい」

「ゆかりさん、幸せにね」

小倉はそう言って送り出してくれた。ひょっとしたら彼は相川とのことも知っているのかもしれない。初日に会ってからずっと仲良くしていたミエコも別れを惜しんでくれた。ミエコとは出勤時間をやりくりして、よくランチをした。彼女は特定の男性に入れ込むこともなく、とにかく子どものために稼いでお金を貯めたいと言っていた。

「子どもが学校に入ったら、昼間の仕事をしたいの。そのために今、通信教育で資格をとる勉強もしてるんだ」

決して恵まれた過去ではなかったのかもしれない。だがミエコは常に前向きで明るかった。由美子の周りにはいないタイプの女性だったが、お互いに惹かれるものがあったようで、由美子もミエコと別れるのはつらかった。

「ゆかりさん、卒業しちゃうのか。寂しいなあ。私は子どもが学校に入るまで、ここでがんばるわ」

「がんばってお金を貯めてね。またランチしましょう。ミエコさんと別れるのは私も寂しいのよ」

新しく揃えたランジェリーをミエコにプレゼントし、由美子は外へ出た。日が落ちかけていたが、妙に空気が澄んでいる。

うきうきした足取りで歩きながら駅前のデパートに寄り、特上の牛肉を塊で買った。今日はとびきりのローストビーフを作ろう。

その晩は久しぶりに夫も考太も早く帰ってきて、一家三人で食卓を囲んだ。特に話が弾むわけでもないが、なんてことのない世間話をし、珍しく夫が買ってきたプリンを食べて夜を過ごした。

「相川さんは独身だから、こんな時間をもつこともないのよね」

由美子は心の中でそうつぶやく。考太が家を出たら、夫とふたりで長い夜を過ごすことになるのだ。やはりそれだけは耐えられない。

翌日は家の掃除に時間をかけた。それから美容院へ行き、髪形をがらりと変えた。ふんわりとパーマをかけ、明るい色に染めてもらう。そうだ、ネイルサロンにも行ってみようかしらと、ミエコから聞いたサロンを訪れてもみた。

そして数日後、店を辞めてから初めて、相川とデートする朝がやってきた。彼が代休をとるからドライブに行こうと誘ってくれたのだ。夫と息子を送り出してから、念入りに下着を選ぶ。気持ちが逸ってしかたがない。時間をかけて、店にいるときとは違う、落ち着いたピンクベージュの下着を着けた。色はおとなしいが総レースが美しい。

お気に入りのワンピースを着たが、手が震えて背中のファスナーがなかなか上がらない。今日、初めて、大好きな人と結ばれるのだ。由美子の人生で、これほどドキドキしたことはなかったように思う。

待ち合わせ場所は由美子の自宅の最寄り駅からふたつほど行った駅だ。そこなら知り合いもいないし、駅前のカフェで待つこともできる。

〈おはよう。今日は予定通りね〉

メッセージを送った。相川からは返事がない。おかしいなと思いながらも、由美子は約束の場所に向かった。

駅に着き、まだ早いのでカフェに入る。そこでもメッセージを送ったが、やはり返信はない。それどころか読んでもいないようだ。電話にも出ない。

二時間がたち、由美子はカフェを出た。男の言葉を真に受けた自分を嗤《わら》うしかなかった。相川は来なかった。それが答だ。しょせん、彼は風俗嬢としての「ゆかり」を気に入っていただけなのだ。まだまだお互いに知らないことがありすぎるから、これからゆっくり知り合っていこうと言ったのもその場しのぎの話だったのかもしれない。

そもそも、相川は離婚して独身だと言ったが、それが本当かどうかはわからない。

そういえば、彼の会社名さえ聞いていなかった。電気関係とか機械関係とか、うっすら聞いたような気はするが会社の名称は知らない。信じ切っていたのだ。

由美子はとぼとぼと駅に戻り、自宅とは反対方向へ行く電車に乗った。終点まで行くと海が見える場所にたどり着けるはずだ。全身から力が抜け、何も考えられなくなって、彼女はそのまま うとうとと眠り込む。

「ゆかりさん」

相川の声で目が覚める。

「ごめん、オレ、遅れちゃって。しかも携帯が壊れて連絡とれなくて。もしかしたらこっち方面にいるんじゃないかと思って電車に乗ってみたんだ」

「相川さん……。私たち、やっぱり何があっても離れられないのね」

由美子はほろほろと涙を流す。と同時にはっと目が覚めた。夢だったのか……。終点のアナウンスが流れ、立ち上がると顔が濡れていた。夢の中だけでなく、現実に涙をこぼしていたようだ。

鈍色《にびいろ》の海を見ながら、浜辺をゆっくりと歩く。車でここに来ようと相川と話していたのだ。そこをひとりで歩いている。この人に会うために私の人生はあったのだと思ったのは、自分だけの誤解だったのだろう。

「ここで働くために大事なのは、いかにお客様に疑似恋愛を体験させるかです」

小倉店長の言葉を思い出す。そう、疑似恋愛なのだ。それなのに自ら疑似恋愛を本気の恋愛だと思い込んでしまった。

「愚かな女……」

クスッと由美子は笑った。考太が卒業したら離婚したいとか、相川とともに人生を送りたいとか、いったい何を夢のようなことを考えていたのだろう。いい年をして、風俗に来た男の軽口を信頼するなんて……。

寄せては返す波を、由美子は飽きもせずに眺めている。人生もこういうものかもしれない。同じことを繰り返し、時に荒れた波が来てもうまくやり過ごしていく。波は永遠に終わらないけれど、人はいつしかその役割を終えていく。だがまた、次の世代が同じような日常を繰り返していくのだろう。

彼女は自分が、風俗と働く前と違って「何のために生きているのだろう」と考えないようになっていることに気づいた。店でがんばっているうちにわかったのだ。「何のために生きるのか」と思うこと自体に意味がないと。「生きるために生きる」しかないのだ、と。

相川を心から愛した由美子の気持ちに嘘はない。生まれて初めて味わった強い恋愛感情だった。本気で人を好きになったことを恥じる必要もないだろう。

彼を知る前にはもう戻れないけれど、ここからまたスタートするのも悪くはないかもしれない。いきなり風俗で働くなんて、あれだけ思い切ったことができたのだから、またきっと何かできるに違いない。磯の香りがふわりと由美子の鼻孔をくすぐった。

第九章　秀　　夫

安西秀夫は、学生時代の友人である相川慎一郎《しんいちろう》の通夜に向かっていた。急死の報は、彼の母親からもたらされた。秀夫は卒業してからも慎一郎によく会っていたし、彼の北陸の実家にも何度か遊びに行っていた。

通夜と葬儀は都内の葬儀場でおこなわれるという。生まれ育った場所より東京での生活のほうがずっと長くなっているのは秀夫も同じことだ。

「おう」

大学時代の仲間たちの顔が見えた。誰もが、どうしてここにいるのかわからないような顔をしている。

「いったい、どうしたんだよ、相川は」

「オレもわからないんだ。おかあさんから連絡をもらったんだけど、とにかく会社帰りに駅のホームで倒れてそのまま亡くなった、と」

どもたちもいた。


「心臓かなあ」

「そうかもな。とにかく信じられない」

慎一郎の母親の姿が見えた。焼香をしてから秀夫は、母親に「大丈夫ですか、おかあさん」と話しかける。母親は秀夫の顔を見て泣き崩れた。隣には慎一郎が残した子どもたちもいた。


「急性心筋梗塞か。本人がいちばんびっくりしているかもしれないな」

精進落としと称して、会場の近くの居酒屋に仲間が数人集まった。

「あいつ、離婚してたんだよな」

「ああ、子どもたちはいたが、奥さんはいなかったな。相川は離婚してからも、よく子どもたちには会っていたらしいよ」

「おまえがいちばん相川と会ってたよな」

うん、と秀夫はうなずく。子どもの進路の相談に乗ってほしいと、彼の息子と三人で食事に行ったこともある。

「つきあっている女性はいなかったのかな」

誰かが言う。

「さあ」

秀夫は言葉を濁したが、実際には少しだけ聞いていた。慎一郎が亡くなる数日前のことだった。

「風俗に勤めている人妻⁉」

あのとき秀夫は面食らったのだ。久々に会った相川慎一郎から、そんな言葉を聞いたから。

「オレは本気なんだ。彼女も本気だということがわかった。大学生の息子が就職して独立したら、離婚して一緒になろうと約束している」

「いや、しかし、風俗で知り合ったんだろう」

「どこで知り合おうと、本気は本気だ」

慎一郎は怒ったような顔で言った。そして、彼女がどれくらい魅力的かを語り続けたのだ。

「まあ、おまえが本気ならオレは祝福するよ」

秀夫がそう言うと、慎一郎はやっと笑顔になった。

「よかった。おまえにだけは否定されたくなかった」

「オレがおまえを否定することはあり得ないよ」

今度は彼女と三人で食事でもしようと言って別れたのが最後だ。せめて彼女の勤めている店の名前くらい聞いておくべきだった。

「つらいな」

秀夫がそう言うと、その場にいた仲間もいっせいに目を伏せた。

彼女を探して

翌日の葬儀のあと、秀夫は慎一郎の妹にひそかに尋ねた。彼が本気になっている女性のことを知っているかと。だが妹は何も知らなかった。

「そうですか」

肩を落としていると、慎一郎の長男の健太《けんた》から声をかけられた。

「安西さん」

「おお、久しぶり。就職活動、どうなった？」

「おかげさまで第一志望からさっき内定をもらいました。おとうさんに知らせたかった」

健太の目が赤い。

「そうか……」

秀夫も返す言葉がない。

「実はこれ……」

健太は、小さな紙を差し出した。一見して風俗店とわかる名刺で、「ゆかり」と書いてあった。

「父はこの人とつきあっていたんじゃないかと思うんです」

「どうして……」

「亡くなる前の日、僕、父に夜遅く、駅前のバーに呼び出されたんです。ご存じのとおり、うちと父のマンションは近かったでしょ。だから駅前のバーまでは五分もあれば行けるんですけど、呼び出されたのは初めてだった。行ってみたら父はけっこう酔っていて。あんなに酔っている父を見るのも初めてだった」

「それでその名刺を渡されたのか」

「渡されたわけじゃなくて、父が会計のときに財布を広げたら、紙幣の間から落ちたんです。思わず拾い上げて返そうと思ったんだけど、父はお釣りももらわないで外に出て行ってしまったので、そのまま僕が持って帰ってしまって。この人が何か知っているということはないでしょうか。父の最期を知りたいんです。父がこの人にとって単なる客だったのかどうかも含めて。だってこういう名刺を財布に入れておくって珍しくないですか？　まあ、父は離婚していますから行っても不思議はないけど」

以前から財布に入れていたものだろうか。名刺が少し縒《よ》れている。もしかしたら、健太が言うように大事にとっておいたものかもしれない。

「あの日、父がしみじみ言ったんですよ。『仕事もいいが恋をしろ』って。本気で人を好きになるのは大事なことだって。父と母は大恋愛というわけじゃなかったみたいで」

「そうかな」

秀夫は曖昧に言葉を濁した。その昔、慎一郎にその件で相談されたこともあったのだ。つきあっている彼女とは別の女性とついなりゆきで寝たら、たった一度の関係で妊娠させてしまった、その女性を愛しているわけではないが責任をとって結婚するしかないと思う、と。そのときの子が、今目の前にいるのだ。本当のことを息子に告げるわけにはいかない。

「まあ、大恋愛で結婚するなんてめったにないことだよ」

「でも父にはきっと、母と結婚したことを後悔する気持ちがあったんでしょう。今までそんなことを言ったことはないのに、あの日はやけに『本気の恋をしろよ』と何度も繰り返していましたね。自分が死ぬことをどこかで悟っていたんでしょうか」

「オレはその何日か前に会ったけど、普通だったなあ」

「あ、言ってましたよ。安西さんとはいつ会っても楽しいって」

「オレのほうこそ楽しかった」

「安西さん、この女性のこと探ってみてもらえませんか」

「オレが？」

「ええ。たぶん息子の僕が嗅ぎ回るより、安西さんに真相を突きとめてもらったほうが父も喜ぶと思うので」

しっかりしたオトナになったなあ、と秀夫は健太を見つめる。わかった、この女性が誰かを突きとめて、できれば会ってみるよと彼は慎一郎の息子に約束した。

「ゆかりさん」はどこに？

数日後、秀夫はゆかりの名刺を握りしめて風俗店の前に立っていた。風俗にはあまり縁がないので入りづらい気持ちはあったが、自分が楽しむために行くわけではない。親友の相川慎一郎のためだ。

「こんばんは」

「いらっしゃいませ」

若いが感じのいい男性が迎えてくれた。

「お客様はご予約で……？」

「いえ、あの……実は人を探しておりまして。責任者の方はいらっしゃいますか」

「私が店長の小倉といいます」

「折り入ってご相談がありまして」

「今から私が休憩時間に入りますので、あちらへどうぞ」

代わってやってきた若者に簡単に引き継ぎをすませると、小倉は先に立って店の奥へと進んで行った。

店長室と書いてある部屋に入り、ソファを勧められた。

「つかぬことを伺いますが、こちらにゆかりさんという女性はいらっしゃいますか」

「ゆかりさんならもう辞めました。十日ほど前でしたか……」

「そうですか。ゆかりさんに相川という客はいませんでしたか？」

「ええと……」

店長が渋い表情になったのを見て、秀夫はあっと気づいた。信用が大事な商売だ。簡単に客の情報を漏らすわけにはいかないのだろう。秀夫は名刺を取りだして渡す。

「申し訳ありません。私は相川の学生時代からの友人で安西と申します。実は相川が急死しまして」

「えっ」

小倉の表情が止まった。

「相川は離婚して独身でした。亡くなる数日前に会ったんですが、実は風俗に勤めている女性を好きになった、彼女は風俗を辞めると言っている、彼女の息子が就職したら離婚して一緒になるんだと言っておりました。この名刺は、たまたま彼が財布に入れていたもので、彼の息子が見つけたんです。この名刺のゆかりさんが、彼の好きになった人ではないかと思いまして」

小倉は痛々しそうに顔を歪めた。

「ゆかりさん、幸せになるねって明るく卒業していったのに……」

どうやら〝ゆかり〟が、相川の好きになった相手だというのは間違いなさそうだ。

ひとしきり話を聞いた店長の小倉は、ふうっと大きなため息をついた。

「私の個人的な感想ですが、ゆかりさんと相川さんは気持ちが通じ合っていたと思います。ゆかりさんが店を辞めたのは、おそらく相川さんとつきあうためではなかったかと……」

「やはりそうでしたか」

「今、ゆかりさんに連絡してみましょうか」

小倉はそう言って、ゆかりにメッセージを送った。

「もし電話ができるような状況ならかけてほしいと送りました」

折り返しすぐに電話が鳴る。小倉が簡単に説明し、電話を秀夫に渡した。

「突然すみません。私は相川慎一郎の学生時代からの友人で安西と申します」

「はい」

彼女の声が、警戒しているようにくぐもった。

「実は相川が急死しまして」

「え？」

「急死したんです。一週間ほど前に、突然死んだんです」

息を呑む感じが伝わってきた。

「どういうことですか」

絞り出すような声が震えている。

「急性の心筋梗塞だったようです。会社帰りにホームで倒れてそれきりで……」

「お目にかかれますか？」

「いいですよ。いつでも」

「これから……。店の近くに『希望』という名前の喫茶店があります。店長に聞けばわかります。三十分くらいでうかがいます。お待たせしてしまいますが、大丈夫でしょうか」

きちんとした女性だなと秀夫は思った。低めの声に品があった。相川が惚れそうではある。

電話は切れた。小倉にその旨を伝えて、秀夫は店を出た。

人はみな寂しいのかもしれない

風俗店が集まっている場所の奥はラブホテル街だ。その近くには、居酒屋が集まっている。人通りが多くてにぎやかだが、こういった場所ほど人の孤独が浮き立つものだ。そこここの空間に、行き場を見失った人の気持ちが浮遊しているような気がする。ここを行き交うひとりひとりは、どんな思いを抱えてこの街を歩いているのだろう。秀夫自身が、自分の気持ちを持て余していた。親友が突然いなくなった喪失感と、その親友がひとりの女性に対して抱いていた濃い思いをどう解釈したらいいかわからない気持ちと。

ホテル街を抜けてすぐのところにある喫茶店と聞いたので、秀夫は小倉に教えられた通りに歩いていく。時計を見ると夕方五時を回ったところだ。こんな時間でも、ホテルから出てくる男女がいるんだなとふと見て、秀夫は思わずもう一度見た。

「沙織……」

男と一緒にホテルを出てきた妻の沙織は、すぐに男と右左に別れた。数メートル先を沙織が歩いている。秀夫は目を疑った。沙織ではないのかもしれない。追い越して振り向いてみようかどうしようか迷う。

沙織はホテル街を抜けて足早に歩いていく。ゆかりと待ち合わせた喫茶店『希望』

の位置を目で確認しながら、さらに妻のあとを追う。沙織はどうやらデパートに寄ろうとしているようだ。ここなら声をかけても不自然ではないだろう。だが、もうじき追いつくというところで秀夫は足を止めて、踵を返した。妻に声をかけて何かが変わるだろうか。男とふたりでホテルから出てきたところは確かに見たのだ。

待ち合わせの喫茶店へ入り、ソファに沈みこんだ。妻が浮気をしていたのか。結婚してから自分たち夫婦は何かを築いてきたのだろうか、こなかったのだろうか。

「あの……安西さんですか？」

目の前に細身の女性が立っていた。年齢は自分と同世代だろうか。ということは妻の沙織とも同じくらいだ。

「はい。呼び出してすみません」

秀夫は立ち上がった。

「こちらこそ、お待たせしてごめんなさい」

声のきれいな女性だった。表情は暗いが笑ったらきれいだろうなと秀夫は思う。

「コーヒーをお願いします」

店員にそう言いながら、座るやいなや彼女は身を乗り出してきた。

「本当なんですね、相川さんのこと」

秀夫は頷くしかなかった。

「三日前に葬儀でした」

「どうして……」

ゆかりは顔を伏せた。ぽたりぽたりと涙が落ちる。

「こんなことを聞いては申し訳ないんですが……」

そう前置きをして、秀夫は慎一郎から聞いていた好きな女性があなたではないかと思ってと経緯を説明した。

「私は飯村由美子と言います。ゆかりというのはお店での名前です。相川さんには最後まで本名を言えなかった。私が店を辞めた数日後、初めてお店の外で会う約束をしていました。そこで本名をきちんと明かすつもりだった。いつか一緒になろうとも言っていました。だけどあの日、彼は来ませんでした。二時間待って、私は彼と一緒に行くはずだった海へ電車で行きました」

涙ながらに彼女はそう言った。

「約束の場所に来なかった彼を恨んだでしょう？」

「恨むなんて……。ただ、彼はやはり私を風俗で働く〝ゆかり〟としてしか見ていなかったのか、私だけが本気で彼を好きになっていたのかと苦しかった」

「彼は最期まであなたのことを思っていたはずです。私にあなたのことを打ち明けたとき、彼は『これはオレの最初で最後の恋だ』と言っていましたから」

「離婚なさっていたのは本当だったんですね」

「ええ。彼はいろいろ事情があって、本当に好きというわけではない女性と結婚してしまったんです。だからこそ、この年で本当の恋を知ったことがうれしいと言っていた。今度、あなたと私と三人で食事をしようと約束していたんです」

「裏切られたわけじゃなかったんですね。でも、突然いなくなってしまうなんて最大の裏切りだわ」

「すみません。そそっかしいヤツだったんですよ、昔から」

冗談交じりに言うと、由美子もつられて少しだけ笑った。

「相川は、あなたの笑顔が好きだと言っていた。どうか笑っていてください」

それを聞いて由美子がまた大粒の涙を流す。

そうだ、あのとき相川は、好きになった女性がどれだけ魅力的か、全身全霊をこめて話していたのだ。秀夫はそのことも由美子に伝えた。

「相川は幸せだったと思います、あなたに出会えて」

「私こそ、幸せでした。生きる気力をもらったんですから。でも……私はフラれてもいいから、生きていてほしかった」

絞り出すような震えた声で由美子はそう言った。それだけでも、彼女の真摯な気持ちが伝わってくる。

秀夫はふと自分が死んだら、沙織は泣いてくれるのだろうかと考え、心の底に氷を詰めこまれたような気持ちになった。

妻の秘密

由美子と別れた秀夫は、たまたま見つけた洋菓子店で焼き菓子を買い、小倉のもとへ戻った。ことの顚末を説明し、万が一、誰かが訪ねてきて相川と由美子のことを聞かれても話さないでほしいと頼んだ。もしかしたら相川の息子である健太が来るかもしれないと思ったからだ。大人になったとはいえ、まだ若い健太に本当のことを知らせるべきかどうか、秀夫はまだ迷っていた。それに、由美子の夫が探りを入れてこないとも限らない。ここは自分と由美子と小倉、三人の胸におさめておきたい。

「わかりました。私のほうは知らないと言っておきます。店の者にもそう伝えておきます。誰かが探りをいれようとしてきたら、安西さんにご連絡しますので」

小倉は歯切れよくそう言った。この男は信用できると秀夫は直感で思っていた。よかったらみんなで食べてと焼き菓子を出すと、小倉の顔がふっと曇った。

「相川さんは、ときどき私にお金を預けて、ゆかりさんの好きなケーキを買ってきてほしいと言われたものです。何回かそういうことがありました。自分がケーキを持ち込んで、何かあったらうちの店に迷惑をかけるから、店長さん、買ってきてよって。

それで私は、おいしいと評判のこの店のケーキを買ってきたんです。相川さんはいつも、店長さんと他のスタッフさんの分も買ってよって言ってくれて。ゆかりさんが辞めた日も、ケーキとコーヒーで、ふたりで三時間も話をして過ごしたそうです。ゆかりさん、うれしそうでした」

ときどき声を詰まらせながら、小倉は早口にそう語った。

秀夫はそれを聞いて目の前が見えなくなった。相川の死を初めて正面からぶつけられた気がした。そういえば通夜でも葬式でも彼は泣けなかったのだ。

「そういう気遣いをさらりとできるヤツでした。ありがとう、いい話を聞かせてくれて」

相川との三十年が頭の中を駆け巡る。テニスとスキーばかりしている同好会に相川を誘ったら、「オレは貧乏だからサークル活動はむずかしいよ」と言ってバイトばかりしていた。北陸育ちの相川の実家に行って一緒にスキーをしたら、同好会の誰よりもうまかった。それはそうだろう。学校にもスキーで行っていたらしいのだから。

「遊びでスキーをしているオレたちに腹が立たなかったか?」

秀夫がそう尋ねたら、「全然。雪がない東京ではスキーは趣味だろ、当然」と明るい笑顔を返したっけ。

実家は確かに裕福ではなかったようだが、家族はみんな親切で明るかった。そんなことを思い出しながら、秀夫は店をあとにした。

道を歩きながらも相川のことが思い出されてくる。不本意なできちゃった結婚をしたにもかかわらず、彼は子どもたちを力一杯愛していた。だから離婚しても自宅のすぐそばに住み、子どもたちと常に連絡をとっていたのだ。

「ばかやろう、どうしてさっさと逝ってしまったんだ」

秀夫は人目も憚《はばか》らず、涙を流しながら歩いた。


秀夫は会社に戻ってもう一仕事するつもりだったのだが、急逝した相川のことを思い出しながら歩いていたら、帰社する気力が失せた。部下に電話で連絡をしてみると、明日でも差し支えないような案件ばかりだ。

直帰すると部下に伝えて、街をうろつき回った。どこかで一杯やろうかとも思ったが、どうしてもそんな気になれないまま、足は自宅へと向かった。

「お帰りなさい。早かったわね。ちょうどいいわ」

沙織のいつもと変わらない声に迎えられた。

ふとキッチンを見ると、沙織がさっき入っていったデパートの包装紙が転がっている。やはりあれは沙織だったのだ。わかっていながら証拠をつきつけられた気がした。

その晩は息子の浩平と娘の春香、一家四人で食卓を囲んだ。子どもたちは口々にしゃべり、沙織がいちいち相づちを打っている。秀夫もときどき子どもたちの話に口を挟んだ。沙織が秀夫のつまらない冗談に笑ってくれる。

「こんな妻が浮気しているのか」

そういう思いが体の底からわいてくる。


その晩、秀夫は久々に沙織を抱き寄せてみた。沙織は抵抗しない。

「あなた」

「うん？」

「何かあった？」

「どうして？」

「ちょっと元気がないかなと思って」

そう言いながら沙織は両手を秀夫の首に回してくる。沙織と、相川の恋人だった由美子が重なっていく。好きな男がいても、夫と交わることに抵抗はないのだろうか。もしここで、「今日、沙織を見かけたよ」と言ったら、妻はどう答えるのだろう。もう少しで問いかけそうになって秀夫は口をつぐんだ。妻が言い訳する姿を見たくなかった。少なくとも、妻は今すぐ離婚を切り出すつもりはなさそうに思える。

秀夫は相川の死を妻には知らせていなかった。相川の名前は妻も知っているが、妻自身が親しかったわけではない。学生時代から培った彼との三十年を、簡単に説明できないのだ。同い年の親友の死を口にして、それが真実であると認めるのが怖かったのかもしれない。

「大丈夫だよ。少し、仕事で疲れてるだけ」

「身体には気をつけてよね」

甘い声で沙織は囁く。女性はふたりの男と身体を交えることなどできないはずだと、秀夫は誰かから聞いたような気がした。だがどう考えても、沙織は恋人と自分を受け入れている。結婚外で知り合った男と、長年慣れ親しんだ夫、女性の立場になるとどちらが性的に感じるのだろうか。

恋人なのか、流行りのセックスフレンドなのか、あるいは行きずりの関係なのか。沙織が一緒にいた男がどういう存在なのかわからない。嫉妬は湧いてこない。怒りもない。ただ、なぜか競争意識が湧いてきた。

あの男より自分のほうが沙織を知っているはずだ。沙織を感じさせることだってできるはずだ。秀夫はいつになく、優しく、そしてときに荒々しく妻を愛した。沙織は何度もあえぎ、喉の奥で声をかみ殺していた。

恋とは何なのか

相川の四十九日を前に、秀夫は彼の両親から「離婚後、息子が借りていた部屋を片づけたいのだが立ち会ってもらえないか」と打診された。相川の息子である健太も来るという。

このマンションには何度も来たなあと秀夫は思いながら入って行った。離婚後、彼はこの古くて小さなマンションを借りてひとりで暮らしていた。

チャイムを鳴らすと健太がでてきた。

「安西さん、来てくれてありがとう」

部屋にはすでに相川の母が来ていて、荷物の仕分けが始まっていた。「遺品」なのだろうが、秀夫はまだ相川が逝ってしまったことを受け入れられない。

「安西さん、何でも好きなものを持って行ってください。あなたになら何を渡しても慎一郎は喜ぶと思うのよ」

相川の母は葬式のときよりさらに小さくなったように見える。父は体調が思わしくないのでひとりで北陸からやって来たという。

「あ」

秀夫は小さくつぶやいた。大学を卒業するとき、記念にと一緒に買った時計があったからだ。

「これはぜひ健太くんにしてもらいたいな。オレとおそろいなんだよ」

健太は顔を輝かせた。

「今も着けているんですか」

「ああ、直しながらね。おとうさんもずっと着けていたはずだよ」

結局、秀夫は相川が大事に使っていたフィルムを使う古いカメラと、最近着けているのをよく見かけたネクタイをもらった。あとは健太が引き継げばいい。

家を片づけ、相川の母と健太と三人で近くの中華料理屋へ行った。

「おかあさん、大丈夫ですか」

「息子に先立たれるのはつらいわね。おとうさんはすっかり落ち込んじゃって」

「おばあちゃん、元気出して」

健太がけなげに祖母を励まし、料理を取り分けている。

「離婚なんてして、安西さんにも迷惑かけたんでしょう？」

「そんなことはありません。健太くんの前だけど、夫婦だっていろいろありますよ。離婚はやむを得なかったんでしょう」

「そうだね。息子の僕から見ても、あのふたりは夫婦としては無理があった」

相川の母はそれを聞いて、少し表情を緩めた。

「健太も大人になったんだね」

「おかあさんも元気でいてください」

相川が借りていた部屋は、大家と話がついて、健太がそのまま引き継いで借りるのだという。

「どうして？　きみは近くに自宅があるだろう」

「でもおふくろと妹がいるでしょ。僕も就職が決まったから、独り立ちしようと思ってね。おとうさんがあの部屋で何を考えながら暮らしていたのか、それも知りたいんだ」

相川はいい息子をもった。秀夫は目を細めて健太を見つめていた。

相川の母が席を立ったとき、健太が「安西さん、あの件、どうなった？」と小声で言った。父親の最後の恋人のことだろう。

「あの名刺をもって店に行ってみたんだけど、ゆかりさんという人はとっくに店を辞めていた。今はどこにいるのかもわからないそうだよ。店の人によれば、最後にゆかりさんと名乗っていた人と相川との間に特別な関係があるとは思えない、と。ゆかりさんという源氏名は、いろいろな人が継いできたそうだ」

健太に問われたらどう言おうかと考えてはいた。だが、今の健太に本当のことを伝える気にはどうしてもなれなかった。知らなくてもいいことが世の中にはある。今後、由美子と健太が接点をもつとは思えない。だったら父親の秘密は自分が守ってやってもいいのではないか。秀夫はそんなふうに考えていた。

「そうか」

「なあ、健太くん。家族でも親子でも、何もかも知ろうと思わないほうがいいかもしれないよ。おとうさんが探ってほしいと思っているかどうかわからないのだから」

「そうだね」

相川の母が戻ってくると、健太は「温かいお茶でももらおうか」と気を遣った。

数日後、秀夫は由美子に連絡をとった。もし由美子が受け入れてくれるなら、相川のネクタイを渡すつもりだった。

平日午後、代休をとった秀夫は由美子に指定された喫茶店にいた。例の風俗店近くの店だ。『希望』という看板を見るたび、秀夫の気持ちがちくりと痛む。すでに由美子は待っていた。白い顔が小さくなっている。

「大丈夫ですか」

「少し疲れていますけど大丈夫です」

こんな顔をしていたら家族に気づかれないのだろうか。そう思ったが、家の中ではうまく振る舞っているのかもしれない。自分の妻の沙織のように……。

「相川の遺品があるのですが、あなたに渡していいものかどうかと思って」

「私のために持ってきてくださったんですか」

由美子は驚いたように顔を上げた。

「これなんですが」

ネクタイを見た由美子は突然、泣き崩れた。

「これ、私が褒めたネクタイです。とてもお似合いだったので。なんでも娘さんが選んでくださったそうです」

「そうでしたか」

「これはお嬢さんに渡してさしあげてください。お気に入りだったから」

秀夫は、由美子の真情を見た気がした。好きなら遺品をほしがるものだろうが、由美子は自分の気持ちを抑えて娘の気持ちを思いやっている。それもこれも相川を本気で愛していたからだろう。健太によれば、妹は父親の死を受け止めきれずにいるようだが、このネクタイがお気に入りだったと伝えたら、少しは心がやわらぐだろうか。

「相川が羨ましくなりました」

「はい?」

「彼は離婚して、確かに寂しかったかもしれない。だけどあなたという人がいたから最後はきっと満たされていたと思います。本当の愛を胸にとどめてあの世へ行けたんじゃないかな。心から羨ましい」

「そんな……。相川さんはよく、オレは友だちに恵まれていると言っていました。名前は聞いていませんでしたが、きっと安西さんのことだったんですね」

秀夫の体の奥から、突然、不思議な力と気持ちがわいてきた。

「ものすごく失礼な提案をしてもいいでしょうか」

「はい？」

「私とホテルへ行ってもらえませんか」

「え？」

「相川はきっとあなたとひとつになることを望んでいた。でもそれができないまま逝ってしまった。私が代わりに彼の無念を晴らしたい。今、急にそんな思いにかられました。失礼なのはじゅうぶんわかっています」

由美子はしばらく黙り込んでいた。水をひとくち飲み、「いいわ」とつぶやいた。

永遠の時間

秀夫と由美子は黙ったままホテルの部屋に入った。秀夫はソファに座り込む。

「やはりあまりにも無謀で失礼な申し出でした。本当に申し訳ない。オレは何を考えていたんだろう。ごめんなさい。帰りましょう」

由美子はうっすらと微笑んで、秀夫の前に跪いた。

「そのままで」

優しく顔を撫で、そうっと唇を合わせた。そうしながら秀夫の下半身に触れてくる。

「何も言わないで」

由美子は秀夫の服を脱がせていく。そしていつしか自分も脱ぐとバスルームへと誘った。秀夫はだんだん何も考えられなくなっていった。それなのにバスルームから出ると由美子をベッドまで抱いて運んだ。まるで誰かが脳内に住み着いて指示してくるかのような気持ちだった。

言葉はいらなかった。秀夫が抱いている女性は、相川の愛した由美子であり、なかなか心の内が読めない妻の沙織である。そして由美子を抱いている自分は、秀夫であり相川でもあった。

由美子の中に入っていくと、秀夫は自分たちふたりがどこか宇宙の果てに放り出されたような解放感と、一抹の恐怖感を覚えていた。由美子の体はどこまでもしなり、無重力の世界を彷徨《さまよ》うように秀夫を不安にさせた。どんなにしっかり固めようとしても由美子の体も心もつかめない。

次の瞬間、ふわっとした感覚があり、由美子に吸い込まれていくのがわかった。秀夫は思わず「あうっ」とうめく。「相川さん」と切れ切れに由美子の声が響いた。

「相川がいたね」

「いたわ、確かに」

秀夫と由美子はベッドで寄り添いながら天井を見ている。長い間、つきあっているかのように言葉がごく自然に、親しげになっている。

「嫉妬したかな」

「どうかしら。よくやったと言ってくれているかもしれない」

「彼にすべて導かれているような気がしたよ」

「そうね。相川さんが私たちをコントロールしているような、そばで応援してくれていたような。あなたに乗り移ったのかもしれない」

「僕は相川が降りてきたような気がしたよ」

「そうだったのかも」

由美子の声がくぐもった。少し鼻をすすっている。

「ネクタイ、本当にいいの？」

「ええ。お嬢さんに渡してあげて」

「代わりに何かもらってこようか」

「もしできるなら……」

「なに？」

「骨がほしいわ」

「え？」

「相川さんの骨。かけらでもいいの。無理ならいいけれど」

明日の納骨の前に骨壺からこっそり盗めるだろうか。ふと横を見ると、由美子の目から一筋の涙がこぼれていた。

「わかった。やってみるよ。相川もきっと喜ぶと思う」


由美子と別れて歩きながら、秀夫はやけに体が軽くなっていることに気づいた。相川がエネルギーを与えてくれたのかもしれない。自分の分まで生きてくれ、と。

五十代になって老いが見えてきたと感じていた。だがまだがんばれるとも思う。相川と由美子の間には確実に〝恋愛〟が存在していた。それを壊すことなど死をもってもできないのだ。妻の沙織はどんな恋をしているのだろう。邪魔をせずに妻の恋を見守るのも悪くはないかもしれない。秀夫は、あの日、沙織が入っていったデパートへ寄って、何かおいしいものでも買って帰ろうという気になっていた。

本書は二〇一八年『大人の生き方マガジンＭＯＣ』に連載した「恋のあとさき」に、大幅に書下ろしをプラスした文庫オリジナルです。

本作品はフィクションであり、実在の個人・団体などとは一切関係がありません。

文芸社文庫

人生の秋に恋に堕ちたら　女と男、それぞれの秘密

二〇一九年六月十五日　初版第一刷発行

著　者　亀山早苗
発行者　瓜谷綱延
発行所　株式会社　文芸社
〒一六〇-〇〇二二
東京都新宿区新宿一-一〇-一
電話　〇三-五三六九-三〇六〇（代表）
〇三-五三六九-二二九九（販売）
印刷所　図書印刷株式会社
装幀者　三村淳

ISBN978-4-286-21020-9